媳婦靠北日記

님아, 그 선을 넘지 마오
본격 며느리 빡침 에세이

朴書雲 박서운—著
林芳如—譯

好評推薦──

獻給所有正在當媳婦、未來要當媳婦的妳們！

【《太咪瘋韓國》粉絲團版主】太咪

《媳婦靠北日記》這本書，我是用一種非常感同身受的心情讀完的。

作者的婆婆有很多部分都跟我剛結婚時非常像，例如對待媳婦的態度、送媳婦的禮物、跟媳婦說的話……等等，讀的時候讓我想到很多我剛結婚的事情。

現在的我結婚已邁向第十年，早在多年以前就跟婆婆磨合好，也不太會有書裡的事情發生了。

但想把這本書推薦給所有正在當媳婦、未來要當媳婦的妳們，也推薦給有老婆、未來會有老婆的你們。因為不管當媳婦、當兒子、還是當婆婆都不容易，有時候沒說出來不表示一切都很幸福快樂，希望大家都能在新家庭中試著多了解與傾聽彼此心底的聲音，有時候保有一些空間與距離也會讓關係更美好。

前言

你快結婚了嗎？
妳是已婚婦女嗎？
妳超級討厭婆婆嗎？
妳曾因為婆媳問題而想離婚或患有憂鬱症嗎？
你是因為婆媳問題而左右為難的老公嗎？
你跟媳婦合不來嗎？
妳想成為對準媳婦來說，宛如娘家母親的婆婆嗎？
你是七年級生嗎？
妳是女性嗎？
妳是中斷職涯、心情鬱悶的育兒媽咪嗎？
你覺得人際關係很難處理嗎？
如果你屬於上述任何一種情形，那你絕不會後悔翻開這本書。

我三十幾歲，是一名再平凡不過的家庭主婦，為人妻、為人母、為人媳。這本書來自我的親身經歷，尤其是媳婦這個「身分」帶來的煩惱和眼淚，促使我寫下這些文章。令人一把鼻涕、一把眼淚的婆媳問題，打亂了我夢想中的美滿婚姻。我為了分析婆婆到底為什麼要這樣對待我、為了尋找解決對策，不管三七二十一，提筆就寫文章。

雖然寫作的時候，有好幾次我不得不流淚揭開過往的傷疤，但是走過漫長的隧道，終於寫到最後一句的時候，我感覺到我再也不是從前的我了。因為透過寫作，我發現了全新的自己，獲得了去守護真正屬於自己人生的勇氣。

過去這段時間，我過得很辛苦，依然需要努力地繼續替自己療傷。可是，不管怎麼說，這些經歷終究讓我發現了全新的自我。我的故事，你願意和我一起看下去嗎？就像以前的我，有時候看看「別人的婆家生活」，跟著一起生氣難過的話，你也能找到以「完整的自我」活下去的方法。

二〇二〇年春天

Contents

Chapter 2 請不要越界

Chapter 3 孩子的媽是我

Chapter 4 夫妻的幸福為優先

作者序——從少女到獵豹

然後，房門終於打開，看到了一頭再也回不去十五歲的受傷母豹。

——加西亞．馬奎斯，《愛在瘟疫蔓延時》

我曾看過一篇文章，分別把「純粹」和「純真」比喻成「裝滿淨水的玻璃杯」和「什麼也沒有的乾淨玻璃杯」。不僅是小孩，早已長大的大人也可以同時保有純粹和純真。個性純淨、正直、善良的人，擁有正面影響力，誰都想將他們留在身邊；反之，根據杯子裡的填充物，可能會從好人變成極其邪惡或心理變態的人，則屬於純真之人。

有些人如同從少女變成獵豹的女人，很清楚走哪條路，能讓自己真正感到幸福、從長遠來看能夠拯救自己。當一滴混濁物落入玻璃杯中，那個原本純粹又純真的少女，為了守護內在的純粹，隨即化身為堅強的母親、堅毅的女人。然後有一天，打開了房門，成為保護自己和孩子的獵豹，再也不依靠任何人。

鼓起勇氣的人，因為某個契機而恍然大悟、發現重要人生價值的人，領悟到守護那份價值、此生才不算白活的人，無論遇到什麼障礙，都不會變得不幸。

我本來是個只會說「是、是」，百依百順的普通媳婦，但是有一天，我突然不想再這樣活下去了。與其說是有什麼特別的契機或事件發生，倒不如說是因為我不想再對潰爛的傷口棄之不顧，不想任由別人破壞我的心情、我的日常生活、我的人生。所以，我從需要他人保護的少女，變成了一頭努力保護自己的獵豹。

起初，我很難開口向婆婆表達我的意見，但是在經過一點一滴的嘗試之後，現在我也學會了如何說「不」，跟公婆說「您那樣說很傷我的心」、「請您不要說那種話」。一聽到不生第二胎，老公會外遇抱孩子回來的一派胡言，我便反問婆婆：「要是公公從外面抱孩子回來，您會開心嗎？」公婆嘮叨要我多打問安電話的時候，我會直接說自己忙著賺錢持家、養小孩，連自己的身體都顧不上了。

直言不諱地回嘴，並不是最好的方法。我天生不會撒嬌，也不懂得說場面話，所以剛開始沒辦法機智地處理婆媳衝突。不過，我最近正在努力一步一步地改變自己。

最近，我老公被小孩傳染了支氣管炎，久久不見好轉，最後還得到肺炎，住進醫院。公公和老公打過幾通電話，就算老公摀嘴，還是能聽到他的咳嗽聲，公公因此非常擔心，買了厚羽絨外套寄給我們。要是以前的話，我應該會說「公公真愛操心！」或是暗自感到難過，心想「我也沒有厚羽絨外套，公公都不擔心我嗎？既然要買也順便問問我啊。」不過，這次我做出了不同的反應。

一收到郵局寄來的大包裹，我就拆開確認，致電給公公。

「爸，我收到要給孩子的爸穿的羽絨外套了。可是，沒有我的嗎？哈哈哈。」

於是，公公笑著說：

「妳也沒有羽絨外套嗎？好、好，我買一件給妳。」

兇狠的猛獸在狩獵的時候，不會迫不及待、魯莽地衝向獵物。現在的我精明、伶俐又狡猾。

不過，我的內心卻比兩、三年前平靜，有活力多了。一方面是因為我沒那麼在意受到的心靈創傷了，另一方面則是因為我覺得這是長大成人的過程。

Chapter
1

為誰開戰？

男朋友的媽媽

「我媽絕對不會干涉我們。我在釜山念大學的七、八年裡，我媽一次也沒來找過我！連小菜都沒寄過！等我們以後結婚，帶孩子回家的話，她應該會替我們顧小孩。」

這是當時還是男朋友的老公對我說過的話。我竟然對此深信不疑，啊啊啊，當時的我好傻、好天真啊。

老公和我同齡，都是一九八五年出生的，我們還念同一所大學、同一個科系，同是二〇〇四年的入學生。不過，我們是在校園初次見面很久之後的二〇一三年，相隔九年後，才開始交往。

當時的我獨自在首爾生活，正在做第一份工作。老公則是原本在斯洛伐克上班，為了調到英國的子公司工作，暫時回到韓國幾個月準備簽證。老公住在大田老家，偶爾會到首爾見朋友，在同學會上和我重逢後，積極地對我示好。那時，我天天上夜班到十點、十一點，疲憊不堪，而且談過的幾段戀情都以失敗收場，正是意志消沉的時候。所以對於這個說話投機、相處自在的大學同窗的示好，我並不討厭。

我們就這樣開始交往。下班後，手持啤酒，在夜景美麗的駱山公園城牆路和昌慶宮散步。春日裡，和他一起漫步的汝矣島漢江公園，感覺特別不一樣。我常常打電話給他，吐露職場苦水，滿心期待他來首爾和我約會的週末。

有一天，他說他母親想見我一面。當時，伯母要來首爾的醫院看病，所以提議在回大田之前見個面。

以前的戀愛經驗，頓時像跑馬燈一樣在我眼前飛過。在還沒許下結婚承諾的狀態下拜見對方父母，都不知道我壓力有多大。二十歲出頭交往的前男友父母曾邀我參加他姐姐的婚禮，而他父親三不五時就會打電話給我。

不過，這次的情況不一樣。當時還是男友的老公說，自己在斯洛伐克生活的那幾年非常孤單，透露出想和我結婚的意思，而我也意識到自己即將三十歲了，所以隱約覺得這場會面意味著結婚。再加上他以往對自己母親的描述，我稍稍放寬了心，覺得只是要和伯母打個招呼，壓力不是很大。

地點好像是在梨泰院吧？在市區巷子裡的某間馬格利酒店，我和現在的婆婆初次見面。雖然婆婆給人的第一印象有點可怕，話也不多，但她始終對我保持微笑，所以在這不好應對的場合，我沒那麼緊張。膝下唯一的兒子才剛歸國，一到週末就往首爾跑，還說想結婚，婆婆應該很好奇我是怎樣的女人吧？

雖然有點尷尬，但我們還是在一團和氣的氣氛下，愉快地結束了初次見面。走在黑壓壓的路上時，婆婆悄悄地挽住我的手臂。既不貼心，個性又木訥的我，從來沒有和媽媽挽著手臂走路過，所以我感到十分尷尬，很想甩開婆婆的手，又不敢這麼做。

先前約會的時候，老公隨時都會接到婆婆打來的電話，但是在和婆婆見過面之後，來電次數明顯減少了。

或許，此時此刻，沒有女兒的婆婆期望能多個「像女兒一樣的媳婦」，而我看到了一絲希望，覺得婆婆應該不是會干涉我們的「豪爽婆婆」。

我們只看到和彼此的真實性情相反的矯揉造作，輕易地對彼此作出評價，絲毫不知，這或許就是沒有盡頭的戰爭源頭。

老公的媽媽

都說結婚要看時機，我和他便是如此。老公心急如焚地等待簽證核發，一度等到打算放棄去英國，但簽證終於在八個月後發了下來。他一拿到簽證，就正式向我求婚，要我隨他遠赴英國。老公的笑點和我一樣，對待我就像朋友般自在，我很喜歡這樣的他，所以開心地答應了他的求婚。為了一起穩定地在國外生活，比起同居，先成為法律上的配偶，取得配偶簽證比較好。而且，這也有利於讓老公的父母同意突如其來的英國行。

我們因此趕緊拜見雙方父母，得到結婚的允許。由於時間逼近英國那邊的上工日，為了申請我的簽證，我們決定先辦理結婚登記，隔年再請假回國舉辦婚禮。我們才交往五個月，一切發生得迅雷不及掩耳。

老公比我早一個月去英國的前一天，我到準婆婆家替他送行。在這之前，我和準公婆才見過三、四次面而已。那一天，公婆拿出事先準備好的蛋糕，對我說

「謝謝妳成為我們的家人，我們以後好好相處吧」。

直到這裡氣氛都還很好……但是，婆婆補了一句話。

「現在你們也不是男女朋友了，既然已經結婚，就叫對方『○○氏[1]』吧。」

我們是二十歲就認識的系上同學，所以就算是在交往之後，我們也沒有取特別的暱稱來稱呼彼此，而是直呼對方的名字，婆婆現在卻突然要我使用一次也沒叫過的稱謂……我當下沒有立刻開口，但這句話宛如準婆婆給我的第一個忠告，對還是菜鳥媳婦的我來說，天曉得壓力有多大啊。我也沒辦法反駁，只能乖乖回答「好」。

我們登記結婚的這一天，也是「男朋友的媽媽」轉換身分，成為「老公的媽媽」的日子。

1 韓國人在稱呼他人的時候，會在全名或拿掉姓氏的名字後面加上「氏」，以表示尊敬。部分韓國人結婚後仍會使用這個稱謂來稱呼配偶。

自此之後，每次去見公婆，我都得用尷尬的稱謂叫我老公。我本來以為婆婆是想告訴我，結了婚就是大人了，所以才會要我從改變稱謂做起，和老公相敬如賓。可是，這套標準只適用於我嗎？

結婚以來，老公從未使用稱謂，叫我「○○氏」過，還是一如往常地叫我名字的最後一個字，回婆家的時候也絲毫不見他小心謹慎的樣子。即便如此，婆婆也不曾責備老公，要求他改口。那麼，那句話是要我好好服侍婆婆的兒子、我的老公的意思嗎？我後來才知道婆婆那樣說，是為了劃清兒子與媳婦之間的地位。

生小孩之後，老公的稱呼變成了「孩子的爸」，令人不悅的婆婆指示也都是過去的事了。換作是現在的我，或許會這麼追問吧：

「媽，我老公也沒有叫我○○氏啊，您為什麼一言不發呢？」

仔細想想，對不敢頂撞婆婆的準媳婦所說的那句話，多年來緊緊勒住了我。試想權力比較大的人所說的一句話，對弱者造成的影響有多深遠，那樣的權力足以讓人失去判斷是非對錯的能力。

謝謝妳
成為我們
的家人~

好美喔!
緊張期待!

妳準備好了吧？
……嗯？準備什麼？

從今天起，好好表現
嘮叨、問安
跟其他人的媳婦做
干涉
調教
電話
干涉
比較
怒
育兒

妳怎麼沒送我 Burberry？

在英國度過新婚生活的時候，老公的大阿姨和姨丈來過英國。大阿姨是婆婆的大姐，老公幾乎是她一手帶大的，所以和老公的關係特別好。小阿姨在英國生活的兒子要結婚了，所以大阿姨順道和小阿姨一起來英國玩。

我們約好大阿姨在英國的期間到我們家住一晚，屆時帶她去倫敦郊區各地觀光。一結婚就到英國生活的我，沒機會參與婆家活動或拜見婆家長輩，所以對大阿姨和姨丈的到來緊張不已。大阿姨和婆婆是非常要好的姐妹，所以我總覺得自己家事是否做得滴水不漏、招待是否周到，都會傳到婆婆的耳裡。

幸好兩位長輩比我想像中的還要隨和，對我親切有加，在英國的這幾天度過了快樂的時光。我也盡了最大的努力接待他們，去韓國超市買菜，精心準備韓食早餐。

回國前一天，二位說想要去逛街，所以我們去了郊區的outlet，阿姨也買了一口精美的鍋子送我當作謝禮。回到韓國後，阿姨傳來訊息報平安，謝謝我們的招待。

這時我才鬆了一口氣。雖然他們很好相處，但是怎麼說都是婆婆娘家的長輩，所以我的壓力很大，總想著不能犯一丁點的錯或是惹他們不開心。到這裡為止，接待婆家長輩一事還算圓滿，但要是事情的發展能就此告一個段落，那該有多好啊？

幾天後，婆婆打電話給我。

「大姐說玩得很開心，妳表現得很好，謝謝妳哎。」

聽到婆婆這麼說，我還暗自慶幸，結果下一句話立刻讓我無言以對。

「大姐從剛進門的媳婦那收到了包包，滔滔不絕地跟我炫耀說是英國貨。我還以為我也有一份，結果我的媳婦根本沒有要送我呢。」

婆婆這番話是在罵我沒有託回國的大阿姨，送禮物給她。

當時我們夫妻倆為了取得居留簽證，辦完結婚登記就來英國生活了，預計幾個月後返韓舉行婚禮，所以別說是拜見婆家親戚了，就連公婆我也沒見過幾次。換作是我讓娘家的人到只見過幾次的媳婦新婚家住，我應該會覺得又抱歉又感謝吧，但婆婆卻不是這麼想。

還是傻傻的菜鳥媳婦的我，也不敢頂撞婆婆，只能尷尬地笑笑帶過。但是，幾個月後為了舉辦婚禮而返國的時候，我買了一個Burberry包包送給婆婆。我也知道婆婆在期待什麼，這一切都是為了「婆婆的面子」，好讓她炫耀兒子夫婦在英國生活的事。

現在的我已經拋開必須在婆婆面前表現良好的想法，所以我不會再做表面工夫，送昂貴禮物給婆婆。如果碰到需要表示謝意的情況，我會根據經濟能力來準備禮物。

所謂的禮物是，送禮的人發自內心感謝而準備的東西，要是本末倒置的話，就失去意義了。經過暗示才收到的禮物，到底有什麼好開心的呢？如果不是誠心送禮，表達「就算我犯錯了，也請您看在我是第一次的分上，多多包容我吧。」

或是想表示「謝謝妳成為家族的一分子」的心意，而是盤算著「我是妳婆婆，至少要做到這個分上吧。」或「這麼做行嗎？」那麼，從這一瞬間起，禮物將不再是禮物。

住在英國的期間，我常常接到婆婆的電話，所以婆婆的個性我也掌握得差不多了。我光是打電話問安，也能和婆婆起衝突，每當這個時候，我便下定決心我要一直住在國外，死都不要回韓國。然而，事與願違，兩年半後我們搬回韓國，住在婆家附近，而我的人生也跟著被搞得一團糟。

那不是我肚子痛的原因

在英國懷孕五個月左右時，我弟弟的婚期定了下來。雖然肚子開始隆起，但身體不是特別沉，正好害喜次數也慢慢地減少了，所以我決定和老公一起回國一趟。

老公當時在英國職場上備感壓力，所以打算回國的時候順便到幾間公司面試。我們的計畫是，歸國後先在首爾面試，然後到婆家住幾天，再去釜山參加弟弟的結婚典禮。我很期待見到許久未見的家人，興高采烈地想著回國就可以吃到娘家媽媽做的家常菜和這段時間吃不到的韓國食物。

雖然心情雀躍，但是孕婦要搭長途飛機並不輕鬆。一抵達韓國，我的身體便重如千斤，所以我整晚都癱在飯店的床上。隔天我和老公一起搭地鐵，由於他要去仁川面試，所以在弘大站換乘電車，我則在弘大站下車，一邊四處閒晃，一邊等老公面試完。所有的行程我都事先跟婆婆報備過了。

可是不知為何，婆婆氣我沒有以小時為單位回報行程，不斷地打電話給我。我的手機剛好放在包包裡，不知道有人打來或是無法接電話，所以連續漏接了兩到三通。到了第四通的時候，我才剛接起電話，婆婆就對我亂罵一通，掛了電話。

「我說妳啊！到底為什麼不接電話！妳人在哪？」

您明天就可以看到寶貝兒子了啊……我也報備過今天要在首爾做什麼了……我又不是故意不接電話……

雖然我實在搞不懂婆婆，但我還是一如往常地想說自己不可能理解婆婆的一舉一動，勸自己別放在心上。但是，一回到韓國就這麼有壓力，隔天還要去婆家，這件事讓我煩透了。

懷孕的前三個月，我害喜得很厲害，有如身處地獄，每天嘔吐十來次，什麼也吃不下，甚至還體重過低，邊哭邊在房間地板上打滾，要老公救救我，恐嚇他我這輩子絕不再懷孕。

現在我好不容易停止害喜，回來參加唯一的親弟弟的婚禮，婆婆到底為什麼要給我這種壓力？就算是在英國打越洋電話，婆婆也會給我造成壓力，所以一發生這種事，我恨不得能快點回到英國。回去的話，因為時差的緣故，婆婆也不能太常打給我。或許是因為過長的飛行時間和突如其來的壓力，我的肚子開始抽痛，這是我在懷孕期間從未遇到過的情形。

隔天，我好不容易拖著沉重的步伐來到婆家，婆婆若無其事地迎接我們。持續陣痛的肚子讓我很擔心，所以我到附近的婦產科接受診斷。醫生說如果微微感覺到的早期收縮變得嚴重的話，我可能會早產。孩子在五個月大的時候早產的話，那幾乎等同於流產。看到淚如雨下的我，老公察覺到事情的嚴重性，於是在通知公婆後，我們提早兩、三天回到了釜山娘家。

幸好一回娘家我的陣痛就消失了。在相隔一年才見到面的父母的照顧之下，我的心情這才放鬆穩定下來。

弟弟結婚典禮當天，我們苦等公婆從遙遠的大田過來。而那天負責收禮金的人特別晚來，所以變成我和老公幫忙收禮金。一旦開始收錢，中途再交給其他人收的話，也有點尷尬，所以我也沒辦法好好看弟弟的婚禮，一直在外面坐著，直到要拍家族照了我才進入會場。

好死不死，公婆在我收禮金的時候匆忙到場，在婚禮上頻頻一臉不滿地對我使眼色，還對本來就忙得不可開交的主婚人爸媽，說禮金是媳婦收下的。

我在弟弟的婚禮上幫忙做點事又沒什麼，難道身為母親的我，會勉強自己做事，累到肚子裡的寶寶嗎？難道我父母會勉強有孕在身的女兒做粗活嗎？

婆婆，那不是我肚子痛的原因。還不是因為您給我的壓力太大!!您心知肚明，為什麼還要裝蒜？

這天是弟弟的大喜之日，為了彼此的和氣，話到嘴邊我還是吞了下去。

可是一生完小孩，成為真正的母親後，我的臉皮變厚，也產生了有話直說的勇氣。因為再忍氣吞聲的話，會受到傷害的人是我自己或我的小孩。自然而然地，我也變成了一名韓國歐巴桑。

結婚兩週年紀念日

二〇一六年，我們發生了許多事。一月小孩在英國出生，五月舉家搬到荷蘭，七月正式回國。茫然的未來、拮据的生活，令我們筋疲力盡地逃回國內。老公在公婆的經濟援助之下開始求職，我們不得不住在離婆家只有十分鐘遠的地方，度過了夏秋兩季。

我們用海運寄回的英國家當，一個月後才會抵達，所以從我們一家三口暫時居住的公寓，乃至棉被、餐桌、碗筷都是公婆準備的，要是沒有他們的話，我們的返韓生活一定會很辛苦。雖然我應該心懷感恩才對，但是隨著我們住在婆家附近之後，我日常生活中的一切時不時遭到干涉，天天受到精神上的折磨。

三天兩頭不是被叫去婆家，就是公公假借要拿一些食物或必需品給我們的名義，每隔兩天突然在我家出現。以前在海外過新婚生活時，我就能間接感覺到公婆的各種干涉，而現在是天天都有切身的體會。

十月的某一天，我忙著做家事、顧小孩，連這天是結婚紀念日都忘了，而老公正在埋頭於撰寫求職履歷。剛好那天也沒接到公婆的電話，他們本來應該會打電話來問孩子在做什麼，或是問上次給的兩袋番茄吃完了沒有之類的，但那天出奇地安靜。

直到下午，老公慢了一拍才想起來今天是結婚紀念日。為了營造紀念日的氣氛，我們久違地帶著孩子一起去附近的咖啡廳。我們的經濟情況不允許我們去高級餐廳用餐或是買一束花，但是我們想買塊蛋糕來慶祝一下。

婆婆最討厭我們去咖啡廳，買幾千韓元[2]的咖啡來喝，她覺得在家裡泡咖啡來喝就可以了，去那種鬼地方消費是在浪費錢。夫妻兩人都是無業遊民，還敢去咖啡廳？萬萬不能這麼做！所以這件事我們當然想對婆婆保密。

甜甜的蛋糕塊配上香醇的咖啡，正當我們一家三口低聲笑語，沉浸在久違的小奢侈氛圍之中時，手機鈴聲響了起來，是公公打來的。偏偏那時候公公拿著一串香蕉來我們家，發現我們不在，所以生氣地打電話給我們。要是公公來之前能先說一聲就好了。每當公公想找人卻無法立刻聯絡到我們，或是順路來我們家，卻發現我們不在的話，他就會大發雷霆。

在咖啡廳享受的小奢侈時光連一個小時都不到。

我的淚水在眼眶裡打轉。

回到家發現香蕉放在餐桌上，看來公公是自己按玄關門鎖密碼進來，東西放了就走。

公公也不通知一聲就跑到我們家來，又因為我們不在而發火，一聲不響地踏進主人不在的房子。我被這樣的行徑氣得半死，匆匆看了一眼家裡的狀態，彷彿被扒光了衣服一樣。

一串香蕉有什麼了不起的啊？我也知道那不過是藉口，公公之所以來我們家，是因為他很想念昨天也是看夠了才肯罷休的孫女。

我們因此馬上趕到婆家一起用晚餐，然後又被婆婆訓斥了一頓。

「你們是錢多到沒地方花嗎？不會賺錢又回到韓國好吃懶做的人，竟然有錢

2 約台幣一百多元。

買咖啡來喝？會去咖啡廳買咖啡來喝的人是腦袋都進水了吧。」

就算我們現在是接受婆家的援助過生活，但是在特殊的日子裡，過得奢侈一點，就活該被罵嗎？這和我們小倆口在英國度過的一週年結婚紀念日對比懸殊，想到這裡，我不禁又更傷心了。

有鑑於這天的經驗，我們慢慢變成了說謊精。如果要去公婆覺得太貴的地方用餐或是出門旅遊的話，就說是朋友出錢、住在濟州島的好友夫婦邀請我們才去的，或是謊稱多虧在旅行社上班的朋友買到了便宜機票，諸如此類的。

婆婆，看到自己的兒子變成說謊精，您開心嗎？

露一手來看看吧

逢年過節時，我的婆家不祭拜神明或祖先，都是由住在遠處的大伯父祭拜的，而且公公的兄弟關係不怎麼好，所以過節日的時候也不會去拜訪。因此，婆家不用另外準備祭品，去掃墓的時候，通常都是帶祖父母愛吃的麵包、酒或水果去。老公說從小都是這樣，所以這項傳統（？）維持了三十幾年，但是我們回到韓國，迎來第一個節日時，婆婆突然跟我說：

「媳婦啊，既然妳回國了，那露一手給我看看吧！」

婆婆自己也是為人媳婦，但是她要做生意，所以沒有祭拜的經驗，從來沒有「露一手」過。

我從小看娘家媽媽一年準備七次的祭拜，也會在一旁協助，所以基本的東西我知道怎麼準備，也深知母親做為婆婆早逝的一家長媳的難處。結婚前聽到老公家裡不祭祖，我不曉得有多開心，但是現在有如青天霹靂。讓我更傻眼的是，因為婆婆很忙，所以全部都得由我一個人準備。

當時小孩八個月大，正是愛到處亂爬、需要悉心照顧的時期。我問老公以前去掃墓都是怎麼準備的，他回答的就是前面提到的那些。我想說反正也不是茶禮[3]那類的祭祀，按照往常準備即可，以為婆婆的意思是，希望這次兒子和媳婦能替他們準備祭拜事宜。

中秋節[4]那天早上，婆婆一看到我準備好的東西，隨即目光凌厲地訓斥我。

「妳到底把我們家看成什麼家庭了啊？準備這種東西，是瞧不起我們嗎？虧妳還做人家的媳婦，這也叫有準備嗎?!妳是不是腦袋不正常啊？妳看看，這不是看不起我們是什麼！」

和我說向來都是這樣準備，所以準備這些就可以的老公，頓時啞巴吃黃連，有苦說不出，而我不禁在婆婆面前落淚。婆婆鐵了心，把我狠狠罵了一頓。那天受的委屈，我怎麼也忘不了。

婆婆要我好好發揮手藝，重新準備，所以我又跑去超市買做煎餅的食材，將哭個不停的孩子拋在腦後，發揮還沒嫁人時當媽媽助手的「手藝」，做了烤肉串、櫛瓜煎餅、豬肉圓煎餅和各種炸物等等。

下午重新拿過去，終於及格，婆婆還補了一句「為什麼不一開始就做好呢？」

之後過節日又恢復了原本的祭拜方式。

「哎，我那是為了調教妳才叫妳做的，凡事開頭最重要嘛！」

過了好一陣子，婆婆才把這件事拿出來說，我聽完心裡很難受。我應該被人調教嗎？就算會把兒子心愛的女人搞得涕淚俱下，也要調教成「媳婦」，這就是

3 韓國人在春節、中秋節等佳節時，有祭拜所有祖先的傳統，通常會在白天舉行。

4 韓國人向祖先表示感謝一年的豐收，祭拜與掃墓的節日。

剛要進門的媳婦，
露一手來看看吧？

哦，
很厲害嘛？
那下次做簡
就好啦~

一開始就要教好，所以我才特意叫妳準備的~

我不是小狗，不需要妳的調教!

「婆婆」的權力嗎?在這世界上,「婆家」是可以行使那種高高在上的權力的存在嗎?

說要把媳婦調教好,讓媳婦婚後不敢忤逆公婆,百依百順,其背後的意義就像是在說,不把媳婦當人看,藐視為新養的小狗,所以我的心情糟透了。

任誰聽了都覺得有違常理又奇怪的婆家規則,認為新家族成員應該被調教。只要去婆家,就會被煩悶壓得喘不過氣來,彷彿走入了稀奇的世界。

道歉方式

婆婆提議過幾天一起吃晚餐，所以我去了一趟婆家。

「妳先坐在那裡。」

我提心吊膽的，不知道婆婆又要說什麼了。沒想到她翻了翻抽屜，把一條發黃的24K項鍊丟到我面前。

「拿去吧。」

現在是什麼情況？先打一巴掌，再給一顆糖？

「不用了。媽，我不需要項鍊。您戴就好，為什麼要給我？」

「沒關係，妳拿去吧。」

項鍊的款式，是老一輩的媽媽會戴的那種傳統設計。雖然我不樂意地推辭了好幾次，婆婆還是硬塞給我，我只好無奈地道謝收下。

後來我跟老公說到這件事，他說「我媽是在跟妳道歉」。婆婆對中秋節那天把我罵哭的事感到抱歉，但是「對不起」這三個字又說不出口，所以才會用這種方式跟我道歉。老公似乎很熟悉婆婆的道歉方式，又補了一句：

「我媽不是會說『對不起』的人。她的自尊心很強，所以道不了歉。既然她給了妳那個，妳就收下吧。」

這種戲碼之後又上演過幾回，例如在對我破口大罵的隔幾天，送我金手鐲啦、衣服啦，又或是買衣服、項鍊給小孩。

剛開始我覺得很荒唐，心想說句對不起有這麼難嗎？但是久而久之，我也開始習慣婆婆這種奇特的道歉方式，不再放在心上。因為無論如何，婆婆都不會發生改變。會對媳婦口出惡言、造成傷害的婆婆，不可能會突然有一天轉變為天使般的存在。

搬到首爾後的某一天，我們回婆家過中秋節，婆婆又說要送我一套衣服。婆家附近有一間以二、三十歲女性為目標的品牌服飾店，婆婆說手上剛好有服飾優惠券，所以叫我去買喜歡的衣服。

但是，那天我的心情不是很好。當時婆婆動不動打電話給我施壓，跟我說誰家的媳婦又生第二胎、第三胎了。不斷地被拿來比較讓我很受傷，一想到婆婆試圖左右我的人生就心煩，所以我是心氣不順地回到許久沒回去的婆家。

我的心被傷得千瘡百孔，現在用一套衣服就想打發我？我的心才值一套衣服的錢嗎？我的心只值一條金項鍊嗎？我是被婆婆亂罵一通之後，收到一套衣服就得笑容滿面地說謝謝的出氣筒嗎？收到禮物的我，為什麼反而覺得自己更悲慘了？

事實上，那個牌子的衣服也不是我喜歡的風格。我不想要買了也不會穿的衣服，所以婉拒了婆婆，結果這次的輸家還是我。我和老公一起去服飾店，買了一套還算可以的開襟衫和裙子。

我提著不是特別想收到的禮物回到家，沉默不語，老公便開口：

「妳好歹笑一下吧。」

無言以對的我只能苦笑，但是我內心很想對老公……不，其實是想當著婆婆的面放聲怒吼。

這個！
丟
!
!!

媽是在
跟妳道歉啦
笑一下嘛~

好啦，
等我一下～

媽，
謝謝。
驚
嚇

這些東西我統統不需要，把我當成人來對待就好!!

如果做了對不起別人的事，怎麼做才能最快、最確實地獲得原諒，修復關係?可以打動對方的道歉方式只有一種，那就是誠心誠意地表示歉意。

「小媳婦」症候群

情侶是為了成為彼此的老婆和老公才結婚的，但是對韓國女性而言，結婚的同時（或者是婚前），就會成為地位最低落的家庭成員，是婆家的公共財產，抑是潤滑劑，被賦予為家庭帶來活力的義務。

——修申智，《不必了，謝謝：婆家訪談實錄》

作家修申智在ＩＧ連載漫畫《身為媳婦，我想說——》，引起話題後出版了單行本。而我最近又重新看了《身為媳婦，我想說——》一遍，還有以這本書的後記為主，收錄作者與家人訪談的〈不必了，謝謝：婆家訪談實錄〉。

這次讀起來的感覺和連載時一篇一篇分開看的感覺，有點不一樣。彷彿有一口氣鬱結在胸口的煩悶，以及一個又一個隨之浮現的想法，朝我席捲而來，後勁比先前更強。從戀愛結婚到婆家生活，作者的想法和體悟有如環景圖，一次在我面前展開，所以我的感受才會更深吧。

單行本的最後也收錄了在ＩＧ連載時的部分讀者留言，在這些徵求同意後印在書上的留言之中，有讓我深有同感的留言。不過，也有很多激烈的留言，讓人不禁想，全部都放上去也沒關係嗎？譬如說，剛結婚的男主角武具榮要女主角早點去幫忙準備爺爺的祭祀，有人留言說：「我看他是想到爺爺身邊一起吃祭品吧。」過節日時，被婆婆叫去準備食物，武具榮不顧先起床的老婆，直說「再睡五分鐘就好」，因此有讀者留言要他「睡一輩子都別醒來」等等。

除了對女主角的情況捶胸頓足、深有同感之外，那些回覆「這說的根本是我本人」，彷彿和我站在同一陣線的無數「盟友」的留言，是我看《身為媳婦，我想說——》的另一個樂趣。

當初沒有平台願意連載《身為媳婦，我想說——》，所以作者才會在ＩＧ上連載。這部漫畫為什麼能引起眾多媳婦的廣大迴響，成為熱門作品呢？

主角閔思琳婚後第一次迎來婆婆的生日，為了好好表現，獲得公婆的「疼愛」，又因為是第一次替婆婆慶生，所以在婆婆生日前一天到婆家過夜了。思琳本來打算生日當天晚上全家一起到外面吃飯，但是因為小姑的一句話，思琳不顧隔天還要上班的疲憊，去了婆家。「明天早上替媽煮海帶湯[5]的話，她應該會很高興……」，就因為這麼一句話。

但是……說出這種話的小姑或兒子武具榮，曾在父母生日當天親手替他們煮過海帶湯嗎？閔思琳結婚之前，又曾這樣服侍過娘家父母嗎？究竟是什麼讓她再理所當然不過，心甘情願地走進別人家的廚房，非得努力成為獲得公婆疼愛的媳婦？不對，應該是說，為什麼她會覺得自己是這樣的存在？

書裡也提到了其他再寫實不過的故事，像是小姑夫婦回家過節日，提議一起吃飯，所以公婆把回娘家的兒子和媳婦叫過去。結果，老公武具榮和不願回去的閔思琳吵架，只好自己回到老家，發生了只剩他和父親兩人在家的尷尬情況。他瞬間想到的是「要是思琳在的話……一起回來的話，該有多好」，公公也指責他說：「所以你帶思琳回來不就好了？」

這個故事血淋淋地反映出韓國女性的現況，「結婚的同時，就會成為地位最

5 韓國產婦習慣在坐月子時喝海帶湯滋養身體，因此生日當天喝海帶湯有感謝母親生育之恩的涵義。

低落的家庭成員，是婆家的公共財產，抑是潤滑劑，被賦予為家庭帶來活力的義務」。

現在仍有太多的媳婦在當「小媳婦」，或是過著「閔思琳」的生活。如果想要減輕不知不覺背負的極大負擔，唯一的方法是讓更多人的聲音被聽見，大聲說出「我也很辛苦」，指出不對的事。

節日裡，媽媽的一天

我父親是六個兄弟姐妹中的長子，我一共有四個姑姑、一個叔叔。奶奶在父親很小的時候就過世了，所以六個孩子全由爺爺一個人拉拔長大。和生在這種家庭的父親結婚的媽媽，不僅要服侍鰥居的爺爺，還得照顧年幼的叔叔和姑姑。

媽媽在我四歲時生下弟弟，一邊照顧我們兩個，一邊凌晨起床，替重考生叔叔準備便當，過著辛苦的婆家生活。四姑姑是六個兄弟姐妹當中，唯一考上大學的人，念大學之前一直和我們住在一起。對姑姑們來說，照料弟妹的媽媽是早逝的母親的替身。

在我小時候的記憶裡，媽媽看起來總是很累，爺爺個性冷漠無情，所以媽媽很常哭。爺爺在我快三十歲的時候過世了。媽媽是侍奉公公將近三十年，她那個年代常見的犧牲品——長媳的象徵。

姑姑全在差不多的時期結婚，所以就像一串串的維也納香腸，我接二連三地有了相差一歲的表兄弟姐妹。逢年過節的時候，姑姑和表親就會在爺爺所居住的我們家聚會。很小的時候，我們偶爾也會去位於密陽的外婆家，但是不知從何時起，我們不再回外婆家過節日了。外婆家那邊也接連出生了幾個小孩，所以我有很多年紀相仿的表親，但是自從我們沒回去過節日後，我也和他們漸漸疏遠了。在表姐婚禮上遇到轉眼間長大成人的表哥，和我十年未見，感覺好陌生，大概走在路上也認不出對方吧。

媽媽之所以在重大節日也回不了家，是因為一到下午，姑姑和表親都會過來爺爺家。逢年過節的時候，可以和許久未見的同輩親戚玩耍，還有跟姑姑、叔叔領壓歲錢，所以對我和弟弟來說，那是開心的節日。當時年紀還小的我，渾然不知為什麼媽媽在開心的節日裡看起來更加辛苦。

姑姑在各自的婆家祭拜完之後，一定會回娘家，也就是回我家過夜。六個家庭全部聚在一起，就是二十幾人的大家庭。每次逢年過節，媽媽都得一個人接待那麼多的客人，等到節日過去，總會大病一場。

時光飛逝，等我當了媳婦才明白媽媽當時有多辛苦、有多想回娘家。

雖然比起媽媽身兼媳婦、嫂嫂、妻子多重身分的那個年代，時代變了很多，但是現在的媳婦依然討厭過節日，依然覺得婆家的人難相處，婆媳衝突也依舊在發生，甚至有人因為婆媳問題而離婚。世界瞬息萬變，可為什麼婆媳問題，還有媳婦在婆家遭遇的不合理、不當對待，卻改變得如此緩慢？

覺得妻子稍加忍耐就沒問題的老公、覺得自己經歷過的事情也要讓媳婦體驗到的公婆、生氣難過卻說不出口，默默忍受這些陋習的媳婦，其實三方都有問題，不是嗎？

雖然要花很久的時間才能看見顯著的變化，但是起步並不難，只要從自己開始改變，一切自然而然會跟著發生變化。

黑斑海兔是什麼……

在我們回到韓國，安頓得差不多，也適應突然轉變的環境後，我們決定回釜山娘家一趟，探望暌違一年才見到的父母。回釜山之前，我們去了婆家跟婆婆報備，婆婆在我和老公都在的場合說：

「你們要回釜山喔？那順便去扎嘎其市場買點黑斑海兔寄回來吧。我是不吃死掉的魚（？）啦，但是生魚片和那個我還是吃的。」

死掉的魚，這就是婆婆描述自己不吃烤魚的方式。

我和老公都是頭一次聽到「黑斑海兔」這個單字。雖然我在釜山長大，但也不是對所有的海鮮瞭如指掌或是愛吃海鮮。我第一次吃生魚片的時候，都三十歲了。

老公知道公婆對我造成的壓力很大，於是趕緊回答知道了，結束話題，回去釜山。

大田的公寓沒有冷氣，而我已經好幾年沒體驗到韓國難耐的酷暑，回到冷氣開得很強的娘家，我這才覺得自己活了過來。一抵達娘家，我就打電話給公婆報平安，那幾天以來我專注於帶小孩，過得很放鬆。六個月大的孩子正要開始吃副食品，所以我的注意力都放在孩子身上。

當婆婆來電，提到被我忘得一乾二淨的黑斑海兔，我的心情就像把重要的暑假作業忘光光，開學前一天才突然想起來的感覺！

看著急急忙忙出門，要去買黑斑海兔的老公，我煩惱了一下是否要一起去，但是我又不能丟下認生、和我分開就哭的孩子，只好讓他一個人去買。老公出門前上網查過哪裡可以買到黑斑海兔，但是沒找到，最後直接去家裡附近的海鮮市場找。抵達之後，老公找了好一會兒都沒看到，詢問魚販才知道黑斑海兔不是天天都買得到，只在捕撈當天少量販賣。老公一個人遍尋不著黑斑海兔，最後打給婆婆說沒找到黑斑海兔，但是用快遞寄了昂貴的章魚回去。

直到這裡，一切都還在我的常識、理解範圍內，沒想到幾個小時後發生了一件荒謬絕倫的事。手機鈴聲響起，我一看到螢幕顯示婆婆來電，立即心頭一緊，有種大事不妙的預感。

婆婆任性地對我發火。

「妳應該一起去挑的啊，怎麼可以讓妳老公一個人去！妳媽也在家，孩子讓她顧不就好了！妳是回娘家過得太爽，所以才會把我說的話忘光光嗎？」

難道婆婆忘記我人在哪了嗎？怎麼可以打這種電話給相隔一年才回娘家休息的媳婦？我和老公都說不知道什麼是黑斑海兔了，我又不清楚，為什麼要丟下孩子跟著去挑海鮮？那個到底哪裡重要了？

之後公公又打來說了類似的話，我們只好提早一天趕回婆家所在的大田。章魚原封不動地放在冰箱裡，而婆婆對我愛理不理的。這是我生平第一次處理章魚，我用麵粉大力地把章魚洗乾淨了再煮熟，但是她老人家一口也沒動，章魚又被放回了冷凍庫。

我已經不止一、兩次想掀開婆婆的腦袋探個究竟了，到底是怎樣的腦迴路才會說出這種話呢？

如果可以回到過去，接到意料之外的電話的我，應該會這麼說：

「媽，那是因為您說想吃，您的兒子才會出門去找，然後沒買到。我是顧慮到我的孩子，所以才沒一起去。您到底在生氣什麼？」

只要長輩自己的言行舉止值得尊敬，自然就能獲得晚輩的禮遇。強求來的禮遇，只會讓彼此的關係更加疏遠。

永遠的課題

切換電視頻道，剛好看到《跨國婚姻，婆媳激戰》的話，我有時會停下來看。我因為菠菜的「菠」發音很像婆家的「婆」，所以連菠菜都不吃，而像我這樣的韓國媳婦經歷的婆媳衝突就夠激烈的了，奇怪的是，不知道為什麼我還是想聽聽看別人的婆媳問題，就是會停下來繼續收看。都說偷窺是人的本性，所以我才無法忽略偷聽別人的故事所帶來的樂趣嗎？

正如節目名稱裡的「跨國婚姻」，這個節目主要探討的是泰國、越南、菲律賓或烏克蘭等，從國外嫁到韓國的外國媳婦和婆婆之間的婆媳問題。說著相同語言的韓國婆媳想法不一樣，經歷的世代不一樣，想要的東西也不一樣，就連我們都會起衝突了，更何況是溝通不良的婆媳呢？

但是仔細看就會發現，雖然問題可能會因為溝通不良而變得更複雜，但是起因跟我們韓國媳婦沒什麼兩樣。含辛茹苦養大的兒子突然有一天被年輕媳婦搶走，婆婆心裡難過得很，臭兒子還老是站在妻子那邊，所以婆婆變得更苛薄無情、傷心失望，但是箭靶往往會射向無辜的媳婦。身處異國的外國媳婦能倚靠的人只有老公，但是歲數差距大又不體貼的老公連說句溫暖人心的安慰話也不會，而婆婆只會使喚自己做牛做馬。人在異國，沒人相挺，內心的難過和怒火不斷累積。

為求婆媳和解，節目製作組讓婆媳一起到媳婦的故鄉旅遊。婆婆在那裡發現了媳婦新的一面，看到媳婦在熟悉的地方，吃熟悉的食物，一臉幸福地和家人談天的開朗模樣，和在韓國的時候截然不同。在那裡，婆婆反倒成了外國人，多少也能明白必須在幾乎語言不通的異國生活下去的外國媳婦了。婆媳兩人一邊流淚，一邊對彼此吐露心聲，故事就此圓滿收場。

看這個節目的時候，我想起以前的英國鄰居。那是一位英國人老奶奶，我們直到現在還是會互寄電子郵件，分享近況。我說最近在寫散文，她便好奇地問我內容是什麼。我很好奇西方人是不是跟我們一樣也有婆媳問題，所以我跟她說了幾樁我和婆婆發生過的事，她吃驚地問我把那些事情寫出來是否沒關係。她還說，雖然不像韓國那麼嚴重，但是英國人也有婆媳問題，公婆或娘家父母會幫忙照顧孫子，所以常常因為育兒問題起衝突。

一想到婆媳問題不論何時何地都在發生，橫越了國境、跨越了世代，我反而獲得一絲的安慰，但是又因為婆媳問題可能永遠都不會消失而難過。婆媳關係是永遠無解的課題嗎……？這樣的結論讓我好無力、好傷心。為了改善扭曲的婆媳關係，為了機智地解決因此發生的問題，於是我開始執筆寫作。而正在看這本書的你，應該也跟我有同樣的心情吧？

買來吃的泡菜也很美味

秋天的雨，讓人拿出外套來穿，電台也緩緩流出歌曲〈被遺忘的季節〉。

「還記得嗎～十月最後的夜晚～」

當我回過神來，已是十一月，逐漸來到一年的尾聲，但是現在就安心還太早了。我度過了春節和中秋節這兩大節日，還有父母節[6]、公婆生日，現在還剩下一年當中的最後一個活動「醃泡菜」。對某些人來說醃泡菜的日子無關緊要，但是對某些人來說，這天是累到腰快斷掉，不亞於逢年過節的日子。

我啊，二十九歲才開始吃泡菜，而且那還是在英國生活的時候發生的事。我從小被嘲笑吃不了泡菜，人在異地才與泡菜「相見恨晚」，親手醃泡菜來吃，甚至還會加鯷魚露。要是我這輩子都不吃就好了，因為那樣我就能說：「媽，我不

6 每年的五月八日是韓國人的父母節，感謝父母養育之恩的日子。

吃泡菜，沒關係，您寄孩子的爸要吃的那一份就好。」

二〇一六年十一月底，剛步入冷冽的寒冬，偏偏公公當年在農田裡種植了大白菜，收穫日就快到了。當時孩子十個月大，是我們從英國回來後的第一個冬天，而我們夫妻倆又很依賴婆家的經濟支援，所以幾乎沒有發言權和決定權可言。

是因為先前不在身邊的兒子和媳婦回來了的緣故嗎？生平從未醃過泡菜的婆婆，突然提議要在院子裡醃泡菜。我說過在英國的時候會醃泡菜來吃，所以婆婆也想順便「看看我的泡菜功力」吧。

「我一次也沒醃過，就交給妳了」、「妳問問看妳媽怎麼醃，應該就可以了吧」，諸如此類的話婆婆說過好幾次。老公或我都沒有拒絕的理由，反正出力的人是公公和老公，那就試試看吧。

那時老公經過五個月的努力，終於跳槽成功，度日如年的「半婆家」生活終於開始看到盡頭了。老公要去參加有工作經歷的人的合宿職前訓練，到時候我可以帶孩子回釜山娘家，想到這我就覺得興奮。而且我就快離開公婆所在的這個地方，要逃到首爾去了，所以醃個泡菜算什麼呢！

但是，我想得太美好了。雖然公婆在院子清洗整理好堆積如山的大白菜了，但是我得在寒冷的天氣裡，一邊對著雙手哈氣，一邊用鹽水醃泡菜。而且，城門失火、殃及池魚，婆婆想出了一個莫名其妙的結論，要我回釜山的時候，順便載大白菜回去，和娘家媽媽一起醃泡菜。

我不太記得這個結論是怎麼來的了。公婆忙於做生意，而我媽是家庭主婦、婆婆從來沒有醃過泡菜、最後吃的人是我和老公，所以要做得好吃一點……好像提到了這些理由吧。跟娘家媽媽解釋來龍去脈的時候，我不知道有多為難和抱歉。

泡過鹽水的大白菜非常重，公婆、老公和我，四人輪流把轎車的後車廂裝滿大白菜。這是何苦呢？我一度覺得與其載回釜山，還不如在這裡快點醃完了事。而且就算順利載回釜山，還要搬到二十六樓高的娘家公寓，還沒出發我就累了。

但是媽媽懷抱著「自己是生女兒的罪人」、「要是女兒能獲得公婆疼愛」的心情，我們還是成功地把泡菜醃完了。娘家和弟弟夫婦，幫忙完成了那年的醃泡菜工作，撇除我和媽媽在這個過程中遭受的心靈創傷，的確是該謝天謝地。

那年冬天，大白菜環繞了全國一周。從大田流浪到釜山，變成春季泡菜後，一部分分給大田婆家，一部分被帶回我們在首爾的家。婆婆叫我回娘家醃泡菜，當然是也要醃公婆那一份的意思。

娘家媽媽因為沒有經濟能力補貼在韓國重新出發的女兒、因為公婆太忙，所以幫親家母醃泡菜，甚至還跟來首爾幫我們搬家，出不了錢的媽媽就這樣為我出力。

因為以上種種原因，常常得到讓我心煩又難過的結果。娘家太窮無法給予物質上的幫助、我媽是沒有收入的家庭主婦、我在家照顧小孩，不是職場女性等等，我總是因為這些事情變得卑微，自尊心一天比一天低落。

自尊心和憂鬱症有直接的關聯。從產後到復職或小孩上幼稚園之前，許多女性深受產後憂鬱症和慢性疲勞的折磨，因而放棄了自我。產後憂鬱症、經濟能力不足、娘家窮苦和兩次突如其來的跨國搬家等，造成我心理上的壓力，公婆的態度更是讓這些壓力加劇，一點一滴地啃噬著我。

雖然還有其他因為醃泡菜而發生的事，但是我想徹底放下這些事。我現在都靠娘家母親給的泡菜、自己偶爾親手做的泡菜或在超市買來吃的泡菜續命。

雖然每次回婆家，婆婆都會另外打包老公喜歡吃的小蘿蔔泡菜，但是那些泡菜不合我的胃口，最後還是會被我丟掉。老公平日在家吃晚餐的次數屈指可數，到頭來還是只能丟掉，無論我怎麼解釋，婆婆還是會硬塞給我，一點道理也不講。現在我的心態也產生了些微的變化，如果婆婆這樣做才舒服的話，那廚餘回收垃圾袋的錢算什麼呢？整理發霉的泡菜或小菜是我該承擔的辛苦。

不過是個泡菜，買來吃也沒關係。就算不吃婆婆做的泡菜，您的兒子也死不了。還有，娘家母親對我來說很珍貴，親家母不是天生應該替您醃泡菜的人！

這個故事只不過是「泡菜」兩個字，就能讓媳婦冒出成千上百個想法中的一個。雖然情況可能不一樣，但是媳婦們對泡菜加婆婆這個組合帶來的壓力，想必心有戚戚焉。

妳回親家母
那邊做點
泡菜回來

媽，
對不起……
嗚嗚
只要
妳能獲得
疼愛……
101

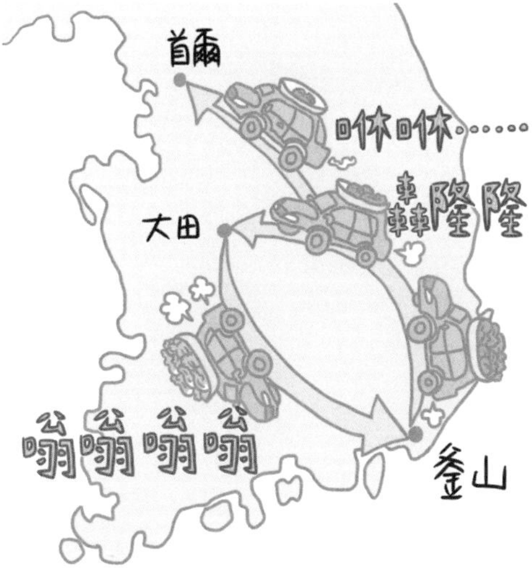
首爾
咻咻……
轟隆隆
大田
嗡嗡嗡嗡
釜山

一年後
今年的泡菜……
我們已經買泡菜了!

媳婦不需要對婆婆唯命是從，親家更不用。希望婆婆現在能明白，無論是媳婦還是親家，都不能隨便對待。這一點婆婆應該很清楚才對，用不著晚出生那麼多年的媳婦來教。

女人的傷疤好不了

瑪蘿：女人的傷疤好不了。
塔莉：會好起來的。
瑪蘿：不，我們看起來沒事，但如果仔細看，臉上淨是遮瑕膏掩蓋的痕跡。

電影《厭世媽咪日記》的女主角患有產後憂鬱症和育兒憂鬱症，精神瀕臨崩潰。她所說的那些話，說中了我的心聲。

電影描述身心都病了的三個孩子的母親瑪蘿，遇到夜間保姆「塔莉」後逐漸改變的過程。有一天，和自己變熟的塔莉發生了不好的事，瑪蘿反過來安慰她，因此有了上面這段對話。

女性的婚後憂鬱症大部分源自生產、育兒，以及隨之而來的身心變化、停職、婆媳問題等等。從這方面來看，產後憂鬱症和婆媳問題造成的已婚女性的憂鬱症有許多相似之處。另一半又袖手旁觀的話，症狀會更加嚴重，夫妻關係也會產生裂痕，有時會因為疙瘩愈來愈多，到了無法挽回的地步。

「我們看起來沒事，但如果仔細看，臉上淨是遮瑕膏掩蓋的痕跡。」這句話的意思是，就算女人的創傷能用障眼法掩蓋過去，但本質上很難痊癒。如此簡單的比喻，十分觸動我的內心。

跟產前嚴重害喜的辛苦相比，我的產後憂鬱症不是很嚴重，經歷的育兒憂鬱症程度也和一般人差不多。在大家都說累得要死的新生兒時期，前一、兩個月我有如行屍走肉，心想「我瘋了吧？我為什麼要生小孩？孩子為什麼哭個不停？好想連續睡兩個小時以上啊！」在那之後我反而覺得養小孩很有趣，擁有的幸福回憶更多。但是，我常常因為鬥得頭破血流的婆媳問題而流淚，和老公的關係因此疏遠，偶爾也會產生離婚的念頭。

陽光普照的某個星期日，我和婆婆的通話氣氛比平常溫和許多，但是不知道為什麼，婆婆突然心情不好，對我施加言語攻擊。在我的印象裡，最後是以要不要生第二胎的問題結束這通電話的。直到現在我還記得很清楚，她說：「妳是生了雙胞胎嗎？妳又生不出來，不是嗎！」

婆婆口中的「生雙胞胎的女人」是指，婆婆的親家、我的弟媳、我弟的老婆。弟媳懷的雙胞胎流產了，正是傷心的時候，我覺得沒必要連這件事都跟婆家說，所以婆家一直以為弟媳還懷著雙胞胎。

一聽到婆婆的話，我的委屈瞬間湧上心頭，火冒三丈，也不管旁邊的老公是不是在開車，後座有沒有小孩，不知不覺間大聲說話：

「媽！那您怎麼只生一個兒子？您也生不出雙胞胎，憑什麼對我說三道四？現在還是朝鮮時代嗎？我一點也不想生第二胎！同樣都是女人，您怎麼可以說出這種話來？」

我怒摔手機，嚎啕大哭。起初，老公還說「看來媽又喝一杯了，妳別理她說的那些難聽話，隨便應付一下，快點掛掉吧。」但是不知道是不是因為看到我哭了，他一回家就怒氣沖沖地大力關上門，打電話給婆婆。

「媽，妳真的想看到我因為妳而離婚嗎？」

老公提高音量，和婆婆吵了一陣子。

自從那件事之後，別說是婆婆的臉了，就連聲音我也不想聽到，但是我還是想宣洩這段時間所累積的怨恨，所以主動打電話給婆婆。即使婆媳關係會就此斷絕，老死不相往來，我也想這麼做。我輕聲細語地細數過去婆婆說過的傷人的難聽話，還一度說到哽咽。婆婆第一次看到我露出這種態度，似乎有點手足無措，所以她的態度反而更強硬。因此，我使出了最後一招。

「媽，您說的那些難聽話讓我鬱鬱寡歡，得了憂鬱症，我下禮拜想去看精神科。」

怕講輸我的婆婆也說：

「我也有憂鬱症，我明天也想去看精神科，因為我說一句媳婦就頂嘴一句，還不接我電話。我那個兒子啊，像個笨蛋只會站在媳婦那一邊！我哪裡對你們不好了嗎？我沒日沒夜地辛苦工作，就為了賺錢給你們，連一千元[7]也捨不得亂花。」

婆婆一句不漏地接著說出總是掛在嘴邊的話。說到最後，婆婆也哭了，我們就這樣互相撕扯洩恨，哭了一個多小時。

雖然婆婆說話很難聽，但是我知道她對兒子、媳婦還有公公都有感到失望的地方，而我多少也能理解她的心情。

公婆希望我可以多打電話，希望可以常常看到孫女。因為沒有生女兒，所以希望媳婦能跟親生女兒一樣親。「啊？這麼簡單？只要天天打電話，是獨生子的老公以後就可以獨享鉅額遺產，而且無論是什麼事，公婆都會幫忙？換作是我的話，早就天天去磕頭了。」應該也有人是這麼想的吧。

別人的事說起來很輕鬆，我又怎麼會沒想過呢？我想了一千一萬次。可是，在我的傷口結痂之前，婆婆又撒了鹽巴，所以我的傷口潰爛了，根本不可能癒合。

對於婆家支援的全租[8]租金，或是將來能繼承的遺產，我一點也不在乎。收下那些東西的話，以後不曉得會被折磨得多慘，一想到這我就不寒而慄。每次跟

7 約台幣三十元。

8 韓國特有的租屋方式，房客支付房東一筆保證金（平均三百至六百萬台幣不等）後，每月只需繳納水電費等。房東可以利用這筆錢投資，而房客在合約到期時可以拿回全額的保證金。

老公吵架，我都會說我寧願斷絕婆家的往來和支援，搬到小套房住。

只要不是當事人，只要沒有經歷過同樣的人生，誰都沒資格亂說話。就算公婆再有錢，或者說得難聽一點，他們得了只能活到明年的病，我也不可能變成跟親生女兒一樣親的媳婦。微笑面對不堪入耳的話，如他們所願生第二胎，甚至是放棄夢想和自主的人生，我不想成為這樣的人。

要是我再過個幾年，變得處事圓滑，有能力巧妙地應付公婆，或是練就一身難聽話也能左耳進右耳出的功力，那我說不定會很開心有一個說話難聽但財力雄厚的婆婆。可是，現在的我還辦不到。

我的傷口能好起來嗎？

說不定就像電影《厭世媽咪日記》的台詞一樣，我永遠也好不了。以婆婆的標準來說，我對她造成的傷害也好不了。

我現在只希望替疼痛的傷口擦藥的人，會是我老公。希望傷口總有一天能癒合，然後我能成為堅定的人，為自己的人生方向和準則作主。

金智英和白向雅的故事

暢銷書《八二年生的金智英》改編成電影後，再次引起話題。不僅是韓國，還輸出到日本、中國和東南亞，許多亞洲女性都對此深有同感。

不過，有一個影評調查的結果非常有趣。調查結果顯示，男性與女性給的平均分數分別是一點多和九點多分，出現了兩極化的結果。看過電影的女性十分有共鳴，表示「這說的就是我的故事」，但某部分的男性結合「愚蠢的」和「女性主義」這兩個單字，貶低這部電影為「蠢女」電影。

他們的邏輯是，女性活得很痛苦的時候，男性受到的身心折磨更大。難道男人沒去工作都在玩樂嗎？為什麼要沉浸在女性被害意識裡？也不想想男性一直以來遭遇到的逆向歧視？這些就是他們主要的思想論調。

當然也有些男性和老婆一起看完電影之後，也很認同老婆婚後辭職，幾乎是一個人盡心盡力地在顧小孩。

有八年開車資歷的我現在也是老鳥司機了。原本覺得很難的平行停車現在駕輕就熟，為了綠燈左轉，從五車道切到最內側完全是小事一樁。即使如此，每隔幾個月我一定會在開車的路上聽到男性罵髒話，或是對我投以「女人就該待在家做飯，握什麼方向盤？」的蔑視目光。老公坐在我旁邊的時候，就絕對不會發生這種事。而且就算遇到這種情形，老公也會替我報仇（？）所以我很安心，真是令人悲傷的現實啊。

但是女性在日常生活中遇到的那些事情，男人從來沒遇過，他們怎麼會懂呢？這種故事不是女人的無病呻吟，也不是在誇大事實或說謊騙人。

現在將話題拉回到電影本身。電影能獲得大眾的青睞，不就意味著其中包含「共鳴」的要素嗎？做為最近看完小說立刻看電影的人，撇除小說和電影的完成度，故事本身以極其平庸的女性為主角，再平凡不過。「普遍」的元素引起女性的廣大迴響，這代表創作素材是來自三十幾歲女性的平凡生活。

想起不久前讀到的雜誌《時事IN》當中，有一篇名為〈為正義發聲的準備〉的專題報導，內容與韓志旼主演的電影《救贖》有關。

李智媛導演曾說《救贖》是「被我們國內所有投資方拒絕的劇本」，也有人說把主角改成男性就願意投資。李智媛導演雖然屢屢因為電影以女性為主，找不到人投資，但是她堅信即便是虐待兒童的沉重主題、就算不拿女演員的裸露尺度或扮醜程度來宣傳，一定也會有願意走進電影院的觀眾。

結果，許多女性觀眾聯合起來，使得該電影的累積觀看人數突破七十萬人，收益超過了損益平衡點。這樣的成果來自無法親自到場觀看，但還是買票支持的觀眾，以及透過社群平台自發性組成團體的影迷在網路上贈送電影票，或是包場舉辦團體觀覽。

但是，曾有人分析過在特定時間內上映的多部電影，指出以男性為主的電影超過半數，而女性經常扮演被動的配角。此外，利用人工智慧分析電影內容的結果顯示，和汽車一起登場的主要是男性，在家具或廚房背景中出現的則大多是女性。

這些指標說明了什麼？意思是在電影和小說這類大眾文化中，男性更常擔綱主角，而且以男性為主的敘事遠多於以女性為主的敘事，也更常被拿出來討論，不是嗎？偏頗的故事更加鞏固了偏頗的社會階級結構。

我們不能單純地把金智英和白向雅的故事，看作是剛好女性是主角的女性敘事嗎？男性背負的一家之主重擔或生活的疲憊，那麼常被拿來當作大眾文化的創作元素，怎麼只要女性敘事一問世，就會引起軒然大波？

所以，我開始撰寫我一直很想寫的當媳婦的故事。因為這是必須有人站出來發聲的故事，因為這是這片土地上的無數媳婦正在經歷的事。

她們是一生扮演某人的妻子、母親、姐姐或妹妹的人，也是我的家人。這本書寫的正是她們的故事，而且也是再不及時做出改變，或許就會在我的寶貝女兒身上重演的悲慘故事。

Chapter

2

請不要越界

妳怎麼回事？

老大快滿三歲時，我發現自己懷了第二胎。兩年前我曾在懷孕初期做了人工流產，所以我並不想懷第三次的孕。不，是一想到嚴重害喜的場面，我就害怕懷孕。可是，或許因為我是做獨子的媳婦，所以婆家苦苦盼著能抱上第二個孫子。

雖然這孩子不是我想生才生的，但是看著孩子在我肚子裡長大，我也開始一點一點地產生了憐惜。我下定決心生下孩子，好好扶養成人，也跟婆家說了懷孕的消息。

在經歷地獄般的害喜症狀時，為了能照顧好老大，我帶著孩子回去釜山娘家。但是為了補足老大的幼稚園出席天數，不到一個月又回到首爾，剛好隔天是婦產科做定期產檢的日子。

雖然還是過著抱馬桶嘔吐、以淚洗面的日子，但是害喜的情況稍微好了一些，我還以為這是因為我服用懷老大時沒吃過的止吐藥。

躺在醫院床上照超音波時，醫生面無表情，像機器人般地說：「胎兒有問題。」我無法接受，也不願相信這個事實。對此，我一點心理準備也沒有。不是有經驗了，就能習慣流產帶來的打擊和難受。醫生說從大小來看，胎兒一個月前就出問題了。

我聽著即將臨盆的產婦叫聲，和新生兒的哭聲，躺在冷冰冰的手術檯上，眼前浮現了公婆的臉孔，然後才想到老公難過的神情。腦海中瞬間閃過我因為害喜，疏忽了打電話給公婆問安的事。

我實在沒勇氣親自打電話，所以由老公告知這個消息。老公才剛轉達完，婆婆便火冒三丈地發飆：

「是女人都會懷孕，她竟敢拿懷孕的事耀武揚威，連露個面都不肯！別再打給我了！」

聽到這句話之後，我更加不願意打電話給婆婆了。但我還是想著應該要親口說一聲，所以緩和好情緒之後打給公公。

「妳怎麼回事？」

這是公公說的第一句話。我究竟在期待什麼呢？

「對不起、對不起，公公。」

我聲淚俱下地連聲道歉，掛上電話。失落、難過、傷心，這才排山倒海地襲來。

失去孩子是我的錯嗎？此時此刻會有人比我還傷心嗎？為什麼要說這麼狠心的話？雖然滿心期待能抱第二個孫子的心情煙消雲散，可能會感到傷心，但是如果可以先把那份心情放一邊，說一句「孩子，妳的身體還好吧？」那該有多好？

不僅能同甘，還能共苦，才是真正的一家人。

胎兒
有問題

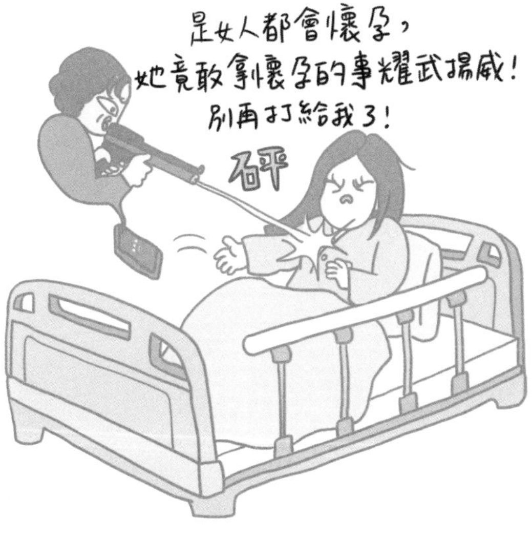
是女人都會懷孕，
她竟敢拿懷孕的事耀武揚威！
別再打給我了！
砰

婆婆生氣了……
打給公公吧……

妳怎麼回事!!
砰砰

別說「奶」這個字

有時公公說話會讓我聽了很震驚討厭。不是流產後說的「妳怎麼回事」那種狠心話，也不是勸我再生一個時所說的「妳不是說要生五個孩子嗎？」

孩子兩歲之前，我整整一年都沒泡過奶粉，而是餵母乳給孩子吃。孩子六個月大的時候，我們回到韓國住在婆家旁邊，雖然過一個月後開始餵副食品，但我還是一天餵四到五次的母乳。像頭乳牛不間斷地擠奶，一天間隔兩小時餵十二次的時期已經熬過去了，但是在嬰兒口渴或沒來由地哭鬧時，母乳依舊是最棒的萬靈丹。

有一天，公公、老公、我還有孩子，我們四人一起開車出門。因為公公的車裡沒有汽車安全座椅，所以我抱著孩子坐在後面。可是，孩子卻突然哭起來，怎麼也安撫不好。（雖然我向公婆說過好幾次安全座椅的重要性，他們還是沒有準備。比起免去從我們車上搬安全座椅過去的辛勞，公婆的答覆總是「我會開慢一點，妳抱著就好」。）

當時不是孩子肚子餓、尿布濕了或想睡的時間點，應該是因為乘車時間比預期中的長，孩子才會感到不耐。車內充滿不耐煩的嬰兒哭聲，甚至大聲到妨礙公公駕駛，大家的精神都很緊繃。雖然我想使出最後的手段餵母乳，但是我不想在開車的路上餵奶，更不想在公公也在的空間裡這麼做。

最後，我朝坐在副駕駛座的老公使眼色，小聲地要他請公公停車，讓我餵一下母乳。公公似乎聽到了便說：

「哎唷，直接在車上餵吧，難不成我會吃妳的奶啊？」

這瞬間，我差點叫出比在車內嚎啕大哭的孩子還大聲的尖叫聲。

這是什麼可怕的用詞，是讓人抬不起頭的瘋話吧！

我想起偶爾在媽媽論壇看到的公婆「三句不離奶」的文章。餵奶時婆婆突然開門闖進來，若無表情地邊揉媳婦胸部，邊問奶水是否擠得順利。也有些神經病婆婆因為嬰兒吃奶的樣子很可愛，就叫媳婦在公公面前餵奶。這所有的情況都會讓媳婦羞愧不已，火冒三丈。甚至還有比這更衝擊的內容，例如小叔或公公認為擠好冰起來的母乳對身體有益，而偷偷喝掉媳婦的母乳。

為什麼對別人的胸部如此感興趣？為什麼婆家唯獨愛把「奶」掛在嘴邊說？而且明明有「母乳」這個單字，到底為什麼要對著不是乳牛的媳婦使用「奶」這個字？只把女人當作「產奶的存在」是一種人格侮辱，是嚴重的育兒干涉。

我實在忍不住大聲地對公公說：

「爸！因為我不想這樣做。您怎麼可以說出這麼可怕的話來！請您別再說這種話了。停一下車，到外面等我。」

育兒的決定權在父母手上。我們又不是想餵母乳就能餵，有時候會因為母乳量太少、小孩不喝、乳腺炎常發作或必須快點返回工作崗位而斷奶。「喝奶粉長大的孩子容易生病」，這種討人厭的公婆發言，媳婦還要忍到何時？「奶」這個字還是還給乳牛吧，因為我們做為孩子的母親，已經選擇對各自最好的方式在養育孩子了。

我的身體是誰的？

現在都什麼時代了，還非生兒子不可嗎？出生率都降到谷底了，真不知道生男生女有什麼重要，但是我的公婆卻不是這麼想的。就算我反問過好幾次為什麼，他們也說不出個所以然來。

我還以為他們叫我再生一個，是因為我時不時透露出孩子一個就夠的想法。直到有一天，我從婆婆那兒得知公公的想法，公公在家裡說過「必須生一個兒子」，原來他們想要的是孫子，而不是孫女。

懷第一胎的時候，我們夫妻倆還住在英國。回國參加弟弟婚禮的前一天，是我的產檢日。那天，我們知道了孩子的性別，打算保密等見到家人再說。

回國後到了婆家，老公在全家都在的場合跟父母提及此事。

「懷的是女兒，我們前天去醫院後得知的。」

「是女兒也沒關係。」

這是婆婆說的第一句話。

我沒錯過婆婆第一句話裡的副詞「也」。公公則是一言不發。公婆和我們四人頓時陷入沉默，一片尷尬，所以婆婆趕緊補上一句：

「女兒更好。」

雖然這樣的反應在我的預料之內，但我還是傷心到想說「孩子生下來之後才不要讓他們見孫女」。老公發現我很難過後，迅速轉移話題，悄悄帶過「是女兒也沒關係」這件事。

雖然孩子生下來之後，公婆非常疼可愛的孫女，我反而還制止不了他們對孫女的溺愛，但是我內心某個角落仍可以感覺到當時的難過。

在那之後，我經歷兩次流產的傷心事，再也不想反覆體驗到懷孕、分娩、育兒的痛苦了。

正當我打定主意養一個小孩就好的時候，婆婆對我說：「妳爸等著抱孫。」這時候我還覺得沒什麼，但是接下來的說辭讓我全身起了雞皮疙瘩。

「妳爸從別人那裡聽說啊，流產後幾個月內懷的孩子更容易保住。」

一聽到這句話，我瞬間覺得自己只是婆家的生孩子工具，浮現「我一點人性化的待遇都得不到」的想法。當我還沉浸在悲傷中，調理身體的這幾個月裡，公婆想著的卻是「現在媳婦也該懷孕了，但是都沒消息」，這讓我震驚不已。無論是公公的哪個朋友說過那種沒常識的話，我還是埋怨不假思索便說給婆婆聽的公公，還有轉達這句話給我的婆婆。我回答婆婆說：

「媽，我的身體還沒完全恢復，您這樣說很傷我的心。關於要不要第二胎，我們夫妻倆會討論看看再作決定。」

每當我因為第二胎的問題跟公婆起衝突，便會想到政府提出的少子化對策「大韓民國產子地圖」。地圖上標示出各地區的育齡期婦女人數，因此引發把女人當成家畜的爭議，女性猛烈批評此舉是將女性視為國家管理的公共財產或生孩子的工具。即便有這麼多育齡期女性，多數女性還是不願意生孩子，所以少子化問題日益嚴重，政府就這樣把少子化的問題轉嫁給女性。

想提高生育率的話，打造一個整點下班再平常不過、產子後能理所當然地請育兒假的世界，多多建設可以安心托兒的保育設施就可以了，政府是真的不明白這一點才會想出這種對策來嗎？

公婆和國家對女性身體的暴力，有著微妙相似之處。

我的身體究竟是誰的？

給愛管閒事的人

只要是牽著孩子的手出門的韓國媽媽們，無論走到哪都會被人干涉。

「哎呀，妳只有一個女兒啊？好漂亮喔，不過妳最好再生一個兒子啦。妹妹要跟媽媽要個弟弟喔，知道了嗎？」

「妳生了兩個千金啊？再生一個啦，應該要生個兒子啊。」

每當聽到這種話，我都會深深嘆一口氣。

雖然現在好很多了，但是重男輕女的觀念還是存在，所以遭受長輩要我「生兒子」的攻擊時，我心情再怎麼糟糕，也拿他們沒辦法。問題是，就算牽著兩個兒子的手出門，筋疲力盡的媽媽也會不斷碰到「哎呀，還是要有一個女兒比較好，再生一個吧」這種攻勢。

這些人，在大樓電梯裡、在超市收銀櫃台遇到素不相識的女性，肆意地干涉她們。被多管閒事的那一方雖然很想大喊「到底干你們屁事！生了你們要替我養嗎?!」但是對方大多是長輩，所以只能充耳不聞或微笑帶過。

被多管閒事的陌生人打壞的心情，過一下就好了。問題在於家人會強迫自己生小孩，這個問題特別常在婆媳關係中出現。

如果想法過時的公婆強求只生了女兒的媳婦生兒子，或是公婆（偶爾是娘家父母）干涉夫妻之間的生育計畫，那便不再是可以微笑帶過的問題，而是一種暴力。

女性的身體不是拿來生孩子的工具，任何女性都有權利終止妊娠。懷孕和生產是會徹底改變女性一生的大事，國家認定人工流產手術違法，是對女性自主決定權的侵害。

二〇一九年四月十一日，韓國憲法法院裁定墮胎罪的懲處「違憲」。所謂的違憲是指，雖然承認該法律條款違反憲法，但是即刻失效的話，會因為法律上的空白期而引起社會混亂，因此設定特定期限要求修訂法規。（韓國國會須在二〇二〇年底前修訂墮胎相關法規。）這代表憲法法院也認定墮胎罪只會懲處墮胎的女性和醫護人員，是不尊重女性基本權利的不合理的惡法。

孕育生命，當然是一件寶貴的事情。但是，這個過程要透過女性的身體來實現，而女性是身體的主人，所以女性擁有身體的自主權是天經地義的事。

要不要生第二胎、第三胎，又或者一個都不生，都是只有女性才能作選擇的權利。結了婚的夫妻當然應該要規劃生育計畫，但是除了夫妻以外的人，無論是誰，都不能強求女性生產。

我由衷希望能夠理所當然地維護這項理所當然的權利，不再有人因為非自願懷孕的問題而受傷的日子能早日到來。

強勢的女人，敏感的女人

老公有時候說話會讓我氣得抓狂，尤其是「妳會不會太敏感了啊？」、「退一步海闊天空，妳就不能忍一忍嗎？」這兩句。

我真的很討厭聽到那些話。每次婆婆對我惡言相向的時候，我感受到的所有難過和憤怒，對老公來說彷彿只是別人家的事，「只要妳多加忍耐就沒事了」的想法更加讓我火冒三丈。

雖然我不想看性別說話，但是男人的理想對象第一名是漂亮的女人，接下來就是「善良的女人」。「善良的」的定義是，對他人的同理心強、懂得照顧弱者或充滿善意，不是嗎？但是不知道為什麼，在男人之間，「善良的女人」反倒成了「自顧自說」的「強勢的女人」的反義詞。

變本加厲的是，男人希望老婆在婚後也能繼續當個善良的女人。身為兒子的自己都沒有在父母生日時煮過海帶湯了，卻期望老婆年年替公婆準備生日宴，不會反對逢年過節的時候先回婆家，當個乖巧的媳婦、百依百順的女人。

雖然現在大部分的女性和男人一樣可以上大學或上班，但是以前的人認為「女子無才便是德」，因為女人變聰明的話，話會變多，不再當乖乖女。有錯誤就指出來、覺得傷心就傷心、有話直說的女人，怎麼就是強勢的女人或敏感的女人了呢？這個邏輯是從認為女人是男人附屬品的那個時期流傳下來的嗎？

《身為媳婦，我想說——》自從在ＩＧ連載漫畫就引起廣大女性的憤怒和共鳴，後來出版成書。主角閔思琳的婆家就是如此看待大嫂鄭蕙鈴的。這個冒失的媳婦會指出女性自古以來任勞任怨地接受的陋習，是非得表現出自己的不自在，搞得大家也跟著不自在的「不善良的女人」。

鄭蕙鈴從不參加人們理所當然地認為媳婦應該參加的婆家祭祀，還對獨自辛苦準備祭祀的弟媳思琳說：

「我不認為那是弟媳和我應該做的事，所以我對妳一點歉意也沒有。」

因為這句話，思琳反省了不向公婆或老公指出錯誤，而是怪罪大嫂的自己。

堂堂正正地說出不公、不合理的事，表達自己的不舒服，不代表妳就是敏感的女人。坦誠面對自己的情緒，可以清楚表達自己的想法，是一項很棒的能力。要是原本沉默不語的女人開始表示不自在、開始指出錯誤，就全都被視為「愛抬槓的人」，那問題永遠不會獲得解決。

為了糾正錯誤，必須有人持續地發聲，此舉勇氣可嘉。真正有錯的人是，明知不對還袖手旁觀的人，認為有勇氣的人很敏感的人。

我最近很常在網路上看到嘲諷「愛抬槓的人」的留言。看到那些無知的留言，我反而更要堅持當一名會感到不舒服的「愛抬槓的人」。或許我現在還只是個小心翼翼地對嘲諷留言「按噓」的「愛抬槓的人」，但是我想鼓起勇氣，繼續當「令人不自在」的「強勢的女人」。

請勿踐踏花草

請將垃圾丟入垃圾桶

這些理所當然的事，好像不貼出來，大家就會忘記。

媽，我們回來了～
不被尊重的感覺很糟
請勿惡言相向
請遵守禮儀
叮咚～

圍裙與碗盤套組

有一天，我們到婆家吃晚餐，聊天聊到一半的時候，公公說隔壁房間放了「要送給媳婦的禮物」。就算是生日當天，公婆也只是給點零用錢或打電話祝賀，我從來沒收過稱得上「禮物」的東西，所以我不禁好奇他們要送我什麼。或許是想到媳婦收到會很開心而感到滿足，公公滿臉笑容地說房間裡有一個盒子，要我直接到房間裡拿。

因為公婆的干涉和執念，當時我的壓力指數高到破表，聽到公公要給我禮物，我還是有點期待地走向隔壁房間。但是一看到盒子，我的臉都綠了。那是買電視購物的東西會收到的俗氣贈品——碗盤套組。公公把附贈的碗盤套組當作要送給媳婦的禮物來炫耀，我怎麼可能會有好心情？

之後又有一次，婆婆在菜市場買了一堆要給孩子穿的內衣、鞋子，說也買了一件要給我。我打開一看，是一件花花綠綠的圍裙。圍裙和碗盤套組！多麼夢幻的組合啊？

這份禮物我大可不放在心上，但是不知為何我那天特別聯想到了碗盤套組，所以心情大受影響。雖然我只能無奈地說聲「謝謝」，但我的表情看起來肯定很不好。

去婆家的時候，常常發生讓我面有難色的事。公婆說要送我禮物，我又不能生氣，只能尷尬地乾笑。

當面送我廚房用品，說那是送我的禮物，聽起來不就像是在嘮叨，要我顧好兒子的三餐嗎？是我過度解讀他們的意思了嗎？

我有很多朋友是雙薪家庭，從婆婆那收到圍裙禮物的人也不少。朋友都說收到這個禮物的時候，想法和我差不多。

我也一樣辛苦地上班賺錢，飯菜卻要我一個人準備？趕著出門上班的時候，還要記得準備早餐給你兒子吃？

婆婆年輕的時候想必也受過同樣的待遇，感到傷心過。為什麼還要代代相傳，把廚娘的枷鎖加在媳婦身上？那是還根深柢固地留在我們社會當中的父權制度和男女不平等的陰影。認為自己經歷過的事也要讓媳婦經歷看看、媳婦結婚之後當然要替兒子煮飯，所以婆婆才會這麼做？

希望公婆不要忘記了，媳婦不是扮演那種角色的人，媳婦是自己兒子所愛所擇的珍貴的人。

執著

在韓醫院做完徒手治療，準備回家的時候，手機鈴聲響起。不好的預感從來不會出錯，果然是公公打來的。我一接電話，公公劈頭就問：「妳在哪裡？」我說剛接受完治療要回家，電話的另一端沉默一會兒後傳來一句話：

「回家？為什麼？」

公公是忠清道人。在網路上可以看到廣為流傳的忠清道方言幽默笑話，「○○過世了」說成「○○走了」、「不好意思，失禮了」說成「我看看」、「沒關係」說成「算了」等等。驚人的忠清道方言什麼句子都能縮短，僅用幾個字來表達！

所以公公說「回家？為什麼？」的意思是：「現在治療完都快到晚飯時間了，還不快帶孫女過來，為什麼要回家？」

搞懂公公的意思之後，我瞬間感到煩悶，在心裡默默大嘆一口氣。當時我剛生產完七個月，因為產後後遺症的緣故，手腕啊、腰啊、骨盆啊，到處都很痛，所以持續接受徒手治療。生完小孩之後，獨自去醫院的那段時間，是能讓自己喘口氣的時間，沒生過小孩的人是不會懂的。在享受短暫的個人充電時間後，準備開心回家之際，公公的一通電話就快把我逼瘋了。

因為某些原因，我們住的地方離婆家走路十分鐘左右，所以公婆每天輪流打好幾通電話給我，我三天兩頭就必須去婆家報到。

被叫去婆家的理由百百種。公婆明明前幾天才打包過幾樣小菜給我們，今天又把我叫過去，說「我買新的泡菜了，來拿吧。」、「我買了很多玉米，來拿吧。」、「我從農田摘了很多番茄回來，來拿吧。」、「今天是三伏，來一趟吧。」、「過來幫我個忙。」、「在家裡不會很無聊嗎？」等等，找我的藉口說也說不完。

我女兒是婆家裡的第一個孫子，再加上公婆只有生一個兒子，所以非常疼愛孫女，我也不是不能理解愛孫成痴的公婆，但是我的一舉一動，分分秒秒都遭到監視，令我苦不堪言。尤其是就算漏接公公的電話之後馬上回撥，公公還是常常生氣地反問我怎麼電話都打不通。當手機螢幕浮現「未接來電－公公」的時候，我總是心頭一震。

隨著我們搬到首爾，為期數月的地獄生活，也告了一個段落。離開那裡，來到首爾的那天所感受到的刺激感，讓我體會到了《猩球崛起》裡猩猩逃脫的心情。

既然兒子結婚了，就應該承認兒子組建了全新家庭的事實，像緊抱在懷裡的孩子那般對待兒子的話，最痛苦的人是媳婦。老公在結婚之前都是和公婆一起生活，忍受得了父母的來電或嘮叨，但是媳婦必須適應跟自己三十年來的生活方式完全不同的婆家生活，即便有什麼不滿，也很難開口，所以始終強忍著怒火在內心。

過於頻繁的聯絡和執念只會讓媳婦生病。公婆如果希望兒子婚姻美滿，那應該要將兒子看作成熟的大人，退一步，讓兒子和媳婦可以打造自己的人生和幸福。

我再說得直接一點吧？

電話打得愈少，兒子夫婦才會更自由幸福。

婆家的衛生觀念

我和孩子來到婆家，外出回來的婆婆一進門就邊說：「哎呀，寶寶乖不乖啊？」，一邊把孩子抱過去磨蹭臉頰。「媽，您從外面回來有先洗手了嗎？」這句話怎麼就這麼難說出口呢？那雙手應該在菜市場摸東摸西，還摸過錢，沾滿了在外頭飄浮的懸浮微粒和各種骯髒物質。婆婆每次都這樣，但是我只能眼睜睜看著，暗自感到焦慮。

說到廚房的事，更是族繁不及備載。

婆家的冰箱天下無敵，保存期限不過是一串數字。過完節日回家的路上，婆婆把做海苔飯捲用的海苔塞給我，說「妳不是喜歡吃海苔嗎？拿去吃吧。」我回到家一看，海苔都過期三年了。有時候我會在冰箱裡發現早就凝固的乳製品或是整塊肉退冰後，剩下的又被放回冷凍庫的冷凍肉品，我都司空見慣了。

公婆都是直接拿一整盒的各式泡菜來吃，絕對不會另外舀出來吃。廚房的主人是婆婆，既然她說沒關係，那就沒關係。老公從小就討厭把整盒的小菜拿出來吃，但是來到婆家的話，他也只能無奈地按照婆婆的規矩吃飯。

婆婆洗碗的時候不用洗碗精，只用清水沖洗，所以滑溜溜的油漬還是原封不動地留在碗上。而拿來擦手的抹布，最後會變成拖地板的抹布。

不僅婆婆如此，我也曾經因為受不了而當面對公公表達不滿。

小孩八、九個月大的時候，正值到處亂爬，看到什麼都往嘴裡塞的年紀。婆家有養狗，平常都是讓小狗自由走動。有時候狗狗是在外面解決完大小便才回到家裡，公婆就這樣放任也不知道在外面舔過、踩過什麼的小狗，在房間地板上跑來跑去，而我從來沒看過他們替小狗擦腳。

看不下去的我，鼓起勇氣開口：

「爸，小孩子現在會到處亂爬，拿了東西就往嘴裡塞，所以您可不可以幫從外面回來的小狗擦擦腳？」

公公一臉不樂意，唯獨那一次在我面前替小狗擦腳，好像要擦給我看似的。

但是在那之後又好像什麼事都沒發生過，繼續維持原有的習慣，所以我也不好意思再開口說什麼。

反之，也有些人會因為娘家父母的衛生觀念不佳，從小覺得不舒服，或是不好意思讓老公看到，而我的娘家媽媽對弟媳來說也是婆婆。希望天底下的公婆能夠知道，只要是做媳婦的人都曾在內心煩惱過無數次，想對公婆說：「這樣有點髒吧？請您多留意一下。」正是因為這件事很重要，媳婦才會明知會惹公婆不開心，最後還是選擇說出來。

爸，
替小狗擦一下腳，
拜託！

週歲宴是為誰舉辦的？

幾年前的某個寒冷冬日，距離小孩週歲宴還有兩天的那一天，老公下班後，我們和孩子三個人一起逛美妝店的時候，接到公公來電詢問我們什麼時候回大田。

老公和我原本希望辦週歲宴的時候，雙方父母和直系親屬簡單聚餐一下就好，但是公婆生氣地叫來了一眾親戚，地點也改到了婆家所在的大田。因為公婆平常要做生意，很難同時休假，而且我們的結婚典禮是在釜山舉行的，所以公婆希望這次週歲宴能在大田舉辦。果然沒有一件事是順心的，但是為了家庭的和諧，我還是予以理解，就這麼算了。

週歲宴辦在星期日中午，從首爾開車到大田的話，最多兩個半小時就能抵達，所以我們本來打算當天早上再回去。小孩是週歲宴的主角，所以最重要的是孩子的狀況。換地方睡覺的話，小孩子有可能睡不好，所以我完全沒考慮過要在婆家過夜。我也想在週歲宴上風風光光的，幹嘛提早回婆家讓自己承受壓力呢？

老公也很清楚公婆的個性，為了體諒我，跟公婆謊稱自己星期六要上班，所以我們星期日早上才要回去。可是，公婆卻不是這麼想的，才剛接起電話，公公就莫名其妙地發火：

「妳老公沒辦法一起來的話，妳就自己搭火車帶孩子先過來啊！搭計程車去火車站，再搭火車過來的話，我會去接妳們的，有什麼好擔心的啊！妳姑姑她們也是大老遠地提前一天到，難道妳不用替客人準備飯菜嗎？」

當時，我才剛經歷第二胎早期流產，做完人工流產手術三個禮拜左右而已，所以一股委屈湧上我的心頭。

這是我的孩子的週歲宴，我為什麼要以這種心情回婆家啊？而且我是還沒辦法提重物的病人耶，為什麼要我自己帶著還不會走路的孩子先回去？

公婆也知道我不久前才剛做過手術，叫我回去準備飯菜應該只是藉口，不會真的要我下廚，但是公公怎麼忍心跟我說這種話？如果我不是他們的媳婦，而是女兒的話，他們也會要我在沒有老公的陪伴之下，自己一個人抱著小孩回去嗎？

公公勃然大怒地說「隨便你們」，隨即掛掉電話。那天，首爾的雪下個不停。公公這通自說自話的電話，讓我的心也涼了半截。說禮拜六要上班的老公又不能說別的謊，而我只希望至少週歲宴能按照我的想法來辦。我實在不想在會灌進冷風的婆家哄小孩入睡，隔天留下小孩邊流鼻涕邊哭鬧的照片。

所以我們按照原定計畫，星期日才回要辦週歲宴的大田。公婆在親生兒子婚禮當天，直到新郎快進場了才抵達。在唯一的孫女週歲宴上也是姍姍來遲，讓從釜山來的親朋好友和攝影師等了許久。明明不久前才打電話來生氣地說想早一天見到孫女也好，結果到了週歲宴當天卻是最晚到場的人，這到底是什麼心態啊？

週歲宴是慶祝小孩在這一年來健康長大的日子。在這個場合上，為主角小孩子增添光彩，不是父母和爺爺奶奶該做的事嗎？媽媽感到安心才能照顧好小孩，為什麼公婆連這點基本常識都不知道呢？

獨一無二的週歲宴應該是回憶裡幸福的一天才對，但是女兒的週歲宴始於公公的怒聲，最終成為留下滿肚子委屈的回憶。

婆家與娘家

我的某位朋友去年結婚，多了一個年紀相差甚大的年輕小姑。她和她老公交往很久，所以結婚之前都是直接叫小姑的名字，小姑則是稱呼她為「姐姐」，兩人像姐妹般，相處融洽。

但是這樣的情況在婚後有了轉變。朋友的婆婆說「妳和我兒子現在也結婚了，所以妳不要直接叫名字，要叫她小姐[9]」。朋友向來都是隨意地直呼年紀較小的妹妹名字，現在卻因為結婚了，突然得對她使用尊敬的稱謂，改口叫她「小姐」。

如果我是我朋友的話，應該會覺得很尷尬，甚至有點生氣吧。男方稱呼女方的兄弟為「妻男」，為什麼女方卻得尊稱男方的兄弟姐妹為「少爺」[10]或「小

9 小姐是韓國古人對兩班家的未婚女子的敬稱，也是對先生的未婚姐妹的敬稱。

10 韓國人敬稱先生的未婚弟弟為「少爺」，稱呼妻子的兄弟時則不用敬稱，僅使用「妻男」來表達。

姐」？我該慶幸自己沒有大姑小姑或大伯小叔嗎？

對於我們向來習慣說的「媤宅」、「妻家」，有愈來愈多的人表示這是以男性為尊，帶有性別歧視的稱呼。已婚女性在稱呼先生的家庭「婆家」時，要尊稱為「媤宅」，相反地，已婚男性則稱呼妻子的父母家為「妻家」，並未使用尊稱，形成差別待遇。除了婆家和岳家的叫法有差之外，先生的兄弟姐妹要尊稱為「小姐」、「少爺（未婚）」或「書房[11]（已婚）」，但是稱呼妻子的姐姐或弟妹時，就不用使用敬語，直接叫「妻兄」、「妻男」或「妻弟」即可，因此有許多人提出要改變稱謂的意見。

韓國政府部門女性家族部發布了「第三輪健康家庭基本計畫」的實施計畫，其中包含糾正以男性為尊的家人稱謂的替代方案，旨在改善不平等的稱謂問題，追求家庭當中的平等，創造民主的家庭文化。若是積習成常的家人稱謂帶有性別歧視，只有敬稱男方家族成員的話，就應該要做出改變才對。

韓國國立國語院也規劃了「家族稱謂整理方案」，將雙方父母一律統稱為

「父親大人、母親大人」，若想親暱地稱呼父母，也可以省略「大人」一詞，直接稱呼「父親、母親」。不過，「丈人、丈母」等既有的稱謂仍被保留了下來。

對於只有男方家庭可以獲得尊稱的批評，提倡媤宅－妻家的說法也要改成顯示男女地位平等的媤家－妻家的方案也出台了，配偶的兄弟姐妹應統一稱為「〇〇（名字）氏或〇〇（名字）弟弟／妹妹」。雖然女性家族部表示在舉辦公聽會、討論會等蒐集意見後，會在二〇一九年五月公布改善建議案，但至今仍未發表。

金春洙詩人的〈花〉是廣受喜愛的知名詩作之一。詩的大意是在被呼名之前光有一副軀殼的某個人，在被呼名後化為了一朵「花」。可見姓名是如此地重要。意義來自稱呼，關係始於稱呼。正如詩裡頭的這一句「我們都，想成為什麼」，我們都期望自己是被尊重的人，一如我們尊重他人那般。

11 古代的韓國男性婚後成天待在書房裡讀書，後來沿用這個字敬稱先生的已婚兄弟。

問安電話

我老公和父母不是很親近，就像一個月打電話回家一次，一般家庭常見的木訥兒子。公婆也說，兒子在外地讀大學的時候，只在寒暑假見面；在國外生活的時候，一年能見一次面就要偷笑了。

但是兒子一結婚，公婆突然對問安電話執著起來。最大的問題是，他們理所當然地認為打問安電話是媳婦分內的事。以前都不曾期望兒子打來的電話，怎麼會這麼理直氣壯地要求媳婦打呢？

我每個週末打一次電話給公婆，老是會被他們罵為什麼隔那麼久才打來。原本對待兒子有如走失兒童，知道他活著就好的公婆，在兒子結婚之後，開始對他噓寒問暖，隔三岔五地問「有好好吃飯嗎？沒什麼事吧？」而必須不厭其煩地轉達親生兒子近況的工作，就落到了媳婦的頭上。

我不是愛撒嬌或隨和的人，也不太常打電話給娘家父母。我是個糟糕的女兒，在外地上班的時候、在國外生活的時候，都是要父母先打電話來，我才會告訴他們近況。我連應該打給親生父母的問安電話都不打了，為什麼還得一次不落地打給老公的父母啊？為什麼我不打的話就得挨罵？我實在無法明白，公婆真想知道兒子近況的話，直接打給他就好了啊，為什麼非得打給感到不便的媳婦？為什麼要執著於媳婦打的問安電話？其他結了婚的朋友也都在抱怨給婆家打問安電話很不自在。

兒子打的電話和媳婦打的電話，有什麼不一樣嗎？因為兒子「很忙」、「太木訥」，所以公婆才想透過媳婦確認兒子過得好不好嗎？還是，要求我打電話，只是想要感受媳婦孝敬公婆、長輩的禮遇？

有了孩子之後，情況更加嚴重，公婆更常把問安電話掛在嘴邊。兒子再加上孫女的近況，我的手機總是響個不停，若不讓他們看看時時刻刻都在長大的孫女，我就成了糟糕的媳婦。

媳婦也是人，有自己的社交生活，還要忙著養小孩，碰到這種情形的時候，不耐指數就會飆升。連娘家父母也不常打電話問安的我，婚後為了盡媳婦的本分，不得不三不五時替老公打電話給公婆。老公這輩子從來沒有主動打電話給父母過，所以只要他說「妳身為媳婦，要多打電話給他們」，我就想回他「他們是你爸媽，要打電話你自己打！」

說來也好笑，這輩子從來沒這樣過的老公和公婆因為娶了媳婦，態度有了一百八十度的大轉變。雖然媳婦也是家庭的一分子，但是不管怎麼說，媳婦都是公婆和兒子之間的外人，不是嗎？

要是老公能親自對父母盡孝、噓寒問暖，那應該可以拯救被夾在中間、壓力大到快瘋掉的媳婦吧。理所當然地期望別人去做自己做不到的事，這是不對的。

這麼晚
才來問安！
看都不想
看到妳！

公公、婆婆
又大發雷霆了……
所以
妳要好好
孝順他們啊。

要盡孝，
你自己來啊！
自己孝順父母！

媳婦裝

我很喜歡在手機上逛我其實不會買的衣服、家具和各種生活用品過過癮，這算是我的嗜好之一。有一天，我想知道最近秋天都流行什麼衣服，所以逛了秋季新品區，結果發現了一個罕見的單字——媳婦裝。

被稱作媳婦裝的衣服到底長什麼樣子啊？我出於好奇心，點了進去，那是一套看起來舒適端莊的針織類兩件式套裝。衣服的介紹吸引了我的注意力。「恢復媳婦身分的時候到了！妳現在需要穿上舒適但看起來又不會太隨便的服裝，對吧？媳婦們最擔心做菜的時候會被油噴到，所以不能穿高價的衣服！不要再煩惱了，快點下單吧，超級推薦喲！」

這段廣告文字，用在中秋將至不得不去婆家的無數媳婦身上，一定能奏效。我看了看評價，很多人給好評，說穿起來舒適，「好像打扮了又好像沒打扮的造型」很適合在中秋節穿去婆家。所謂「好像打扮了又好像沒打扮的造型」是指，穿起來舒適的同時，又好看的衣服風格。

中秋節的時候，媳婦得伸長了腿坐著煎煎餅，所以要穿可以拉長的伸縮性良好的衣服，但是太居家的運動長褲又會顯得沒禮貌，必須給人穿著整齊的感覺才行。而看起來很貴的衣服可能會被人誤會成愛花錢的媳婦，所以這也是大忌。

這麼說來，我每次回婆家，好像也都是挑那一類的衣服來穿。如果穿看起來品質太好的衣服，公婆會覺得我是在揮霍老公賺來的血汗錢，所以排除在外。如果穿太緊身、太短的服裝，公公的眼睛可能會不知道要放哪，所以也排除在外。必須穿兼備舒適度和禮儀，看起來又不會太寒酸太貴的衣服才行。回娘家的時候，我可以隨便穿或是穿漂亮的衣服，但是回婆家的話，穿衣限制一大堆。

看到一針見血指出媳婦們的煩惱和需求的廣告文字，我突然悲從中來。許許多多的媳婦，為了避免得罪公婆，連買一件衣服都要貫徹地自我審查。這種自我審查是在聽過幾次傷人的話之後，為了保護自己不得不採取的方法。挑選合適的衣服，不過是各種自我審查的其中一種。

像「媳婦裝」這樣的單字，不應該再出現了。

這是遺傳到誰啊？

「哎呀，跟她爸簡直是一個模子刻出來的。」

「跟她爸小時候長得一模一樣，鼻子和嘴巴太好看了，呵呵呵。」

這是逢年過節長輩相聚時，聊到關於女兒的對話內容。俗話說大女兒長得像爸爸，而我也跟我爸長得很像。

但是，我為什麼會這麼討厭聽到別人說孩子長得像爸爸這麼理所當然的話？是因為我的內心太扭曲，所以原本沒什麼的話由婆家長輩說出口，我就會產生負面的想法？還是因為生產後產生的荷爾蒙，所以我變得敏感了？

我想為自己辯解，我之所以會傷心，是有理由的。害喜，令我說出這輩子再也不要懷孕的話，整天抱著馬桶邊哭邊吐十幾回，連胃酸都吐出來了。鏡子裡的我，身材走樣，雙下巴顯現，肚子和大腿長出不想看到的妊娠紋。肚裡漸漸長大的胎兒壓迫到我的肺，讓我難以呼吸。還有，搖搖晃晃，勉強才能邁出一步的臨盆回憶。可怕的陣痛自不必說，最後不得不剖腹才能見到孩子。我千辛萬苦地把孩子生下來，想聽到別人說孩子長得像我，這應該合情合理吧？

都說血濃於水，記得老公小時候模樣的婆家長輩，在我的孩子身上看到她爸以前的模樣也沒有錯。問題是，我不願聽到的那些話，他們愈說愈誇張。

小孩過了新生兒時期，開始爬行，或坐或走，慢慢擴大新的活動領域，婆家的人對此有一套罕見的標準。如果孩子很難哄睡，哭得厲害，半夜醒來折磨人的話，公婆會說「哎唷，『我兒子』只要放著就會乖乖入睡，這孩子是像誰啊？」看到不管加什麼到副食品裡，都吃得很香的孩子，他們會說「妳那麼挑食，小孩食慾好這一點肯定是像『我兒子』，應該很好養。」

優點都像兒子，缺點都是媳婦遺傳的。了不起的兒子和我這個不足的媳婦結婚，所以公婆才會對我這麼不滿意嗎？

有一次，公公又開玩笑，拿小孩學步比較慢的事挑刺，我因此板著一張臉。

哇～
跟我兒子
小時候長得
一模一樣～

什麼都
吃得很香，
一定是像我
兒子～

她這麼慢才學會走路，是不是妳家那邊遺傳的啊？
呃
我開玩笑的啦～顆

「『我兒子』週歲宴的時候就活蹦亂跳的了，這孩子是像誰啊？妳娘家那邊的孩子都很慢才學會走路嗎？」

「爸！您老是說那種話，我的感覺很糟，我一點也不覺得好笑。」

整個房間瞬間充滿尷尬的氣氛。雖然公公會感到難為情，但是一忍再忍，終於說出口的我，心裡非常痛快。

想逗笑他人而說的話，要大家聽了都開心才是真正的詼諧笑話，否則在不覺得好笑的人耳裡聽來，不過是可笑的話而已。

既然決定接受「你兒子」所選擇的媳婦，視我為新的家人，那要是可以多體貼一點、多注意一下用詞，不讓新來的家庭成員傷心難過，那該有多好？

「婆」家的鬼魅

雖然我句句抱怨公婆的一言一行給我帶來的傷害，大吐做人媳婦的苦水，但我也有需要反省的地方。對於弟弟的老婆，我的弟媳來說，我也是很難接近的婆家人，不知該怎麼相處才好的大姑。

我比相差三歲的弟弟早結婚兩年。兩年以來受盡婆婆的折磨，流過無數次的淚水，所以我下定決心要當個好大姑，信心滿滿地覺得自己不會讓她受到和我一樣的委屈。

當時的我還不明白，所謂最好的大姑和最棒的公婆就是，讓當事者夫妻兩人好好過自己的生活，遠遠地關注他們就好。說想提供協助，因為自己是大一歲的人生前輩而說出口的所有建議，對媳婦來說，都有可能只是痛苦的干涉和忠告。

「我絕對不會那樣做」或是「我媽不可能會那樣做」，這樣的想法是多麼傲慢、草率的判斷啊！當時的我從來沒想過，雖然對我來說，娘家是一起生活了一輩子的家人，但是對弟媳來說，我們只不過是三十年來以不同方式生活，難接近的婆家人。就算娘家母親對我來說是溫柔慈愛的媽媽，但是對弟媳來說，也有可能是難相處，會口無遮攔地出言中傷媳婦的惡婆婆。

有一次，弟媳和弟弟為了娘家母親的事大吵一架。我不記得準確的理由了，大概是我媽跟弟媳說了讓她難過的話。我這個新手大姑同樣也是做媳婦的人，雖然想要理解弟媳，卻又不知不覺地站在母親那邊，說出「我媽不是會對媳婦說那種話的人啊」，假借協助弟弟夫婦和好如初的名義，介入他們的爭吵之中。我只顧媽媽難過的心，指責了弟媳，可能是太受傷了，弟媳好長一段時間和我很疏遠。

之後分別聽了婆婆和弟媳的說法，我才明白弟媳身為媳婦的委屈。所以我現在比較常站在弟媳的立場，勸母親不要那樣跟弟媳說話。我說，她明知我因為婆婆的難聽話有多難過，怎麼還能對自己的媳婦說那種話。雖然有些事情母親那一代的人無論如何都無法理解，但是最近情況已經好很多了。

我曾經思考過這個問題：為什麼當我們是別人的「大姑」、「婆婆」，便會忘記我們同樣身為女人的事實，突然變成對弟媳、媳婦說出不該說的話，成為傷害她們的人呢？

「婆家」的人難道都被鬼上身了嗎？甚至忘了身為女人、身為媳婦時受到的各種苦楚和委屈。這是不是因為女人也下意識地認為婆家比娘家高一等？是不是因為我們從小看著母親那一代的人在公婆和大姑、小姑那受盡委屈，所以我們才會不知不覺地將媳婦、嫂嫂或弟媳視為晚輩？而我們明明也是女人。

在逢年過節不讓媳婦回娘家的公婆底下，過了大半輩子委屈生活的媽媽們，現在五、六十歲有了兒媳婦，依舊看不慣過節日的時候，兒子替媳婦洗碗的樣子。直到現在，女婿去岳父母家仍是一根手指也不用動的貴客，而媳婦依舊被認為是應該在婆家負責洗碗、削水果的人。

是時候送走無意間在腦海裡烙下的「婆家」亡靈了吧？女人結婚後，不是應該要先照料婆家的嫁出去的女兒，也不是去婆家就要捲起袖子洗碗的下人或奴隸。女人只是和老公結婚，婆家的一名新成員而已。準確來說，就像男人婚後成為岳父母家的一分子那樣。

公務員媳婦

我有一件事，被娘家母親、老公還有婆婆拿來掛在嘴邊，說了快十年，那就是考取九級公務員。

包含畢業於地方國立大學英文系、一九八五年生的我在內，看看和我同一屆的同學或學姐、學妹，就知道他們為什麼會那樣要求我了。雖然偶爾會有校友在知名銀行、公營事業或大企業工作，又或是從事翻譯活動，但那畢竟只是少數，除了部分當英文老師或補習班講師的人之外，許多校友都是花半年到兩年左右的時間，考上九級公務員的在職人員。無須多加說明，這就是從不錯的學校畢業，頭腦不錯的七年級生韓國女性所面對的現實。

或許是因為我從小就是井底之蛙，我拿害怕、拿家裡窮當藉口，沒有出國進修語言過。大學最後一個學期才想當記者，所以我未能做好私人企業的求職準備，而是在釜山的某個中小企業開始了第一份工作。等我明白第一份工作的重要性，為時已晚。在這短暫的三年職場生活裡，我也沒當上組長，就以萬年職員的身分永遠結束了職場生活。

婚後，憑著對老公的信任，在沒有工作、沒有能談心的朋友的情況下，前往了英國。當時我一個人度過大部分的時間，因此得了憂鬱症。「我是想享受什麼榮華富貴，才會將希望都寄託在這個男人身上，而來到這裡？也沒有家人朋友相伴。」因為這樣的想法，老公隨便說一句話，都能讓我淚眼婆娑。即使我到處投履歷、面試，還是杳無音訊，感覺自己是只能靠老公賺錢，度過每一天的沒用的人。

因為懷孕生子的緣故，我在英國除了兼職之外，一份正職都沒做過就回到了韓國。把滿週歲的孩子送進幼稚園之後，我想找回「遺失的自我」，想要賺錢，所以到處敲門，但是得到的回覆總是讓人心灰意冷。

最後我放棄找全職工作，回歸本業。由於我畢業於英文系，有在英國生活的經驗，所以我在幼稚園和托兒所當過英文老師，但是這無法填補我內心的渴望，也賺不了多少錢。

除非是含著金湯匙出生，否則夫妻只靠一人賺錢，很難在首爾買房養小孩。在這樣的情況之下，婆婆可能是捨不得兒子獨自賺錢養家，常常跟我提起周遭友人的媳婦考到公務員的事。她還要我把小孩交給娘家顧，去鷺樑津[12]的國考補習班上課，或是跟我說自己的朋友是幼稚園園長，要我去考幼兒園教師證照。

老公在英國工作得很累，所以希望回國發展。這種時候，他會嚷著要我聽線上課程，準備公務員考試。就算和在韓企業視訊面試過好幾輪，老公也很難確定是否可以離職，所以他希望沒有工作的我可以利用這段時間念書，考取公務員。

大學時期，娘家母親說公務員是最好的女性職業，在一旁慫恿我，但是我從來沒有聽進去。公務員絕不是我想做的工作類型。我沒有貶低公務員的意思，但是以當時的我的標準來說，公務員好像只是追求穩定的職業。

念大學時，我的夢想是成為作家，也準備過要當記者。就算必須放棄寫作，到一般企業上班，我也不想花好幾年的時間備考，浪費美麗的二十幾歲青春年華。

我捨不得看到老公在英國職場上承受壓力、日漸消瘦的模樣，最後還是勉強買了昂貴的一年線上課程，還從海外寄書過來，但是念不到三個月，我就放棄了。

12 補習班林立，準備公職考試或就業的韓國年輕人聚集的區域。

我知道娘家母親是擔心徬徨的女兒沒錢吃飯，老公則是為了掙扎生存，請求我幫忙，但是我真的不懂婆婆為何也吵著要我去考公務員。雖然她說過我當幾年教保員的話，可以資助我開一間家庭式托兒所，如果是準備國考的話，也會幫我。但是，重點不是這個啊。雖然我不想稱婆婆為外人，也不想說她越界了，但是碰到對媳婦的職業指指點點的婆婆，無論是誰都會很傷自尊，心情不佳。

對某些人來說，工作可能只是維持生計的手段，但是對某些人來說，也有可能是結合夢想或興趣的工作。無論從事什麼職業，唯一不變的是，職業的選擇權在當事者手上。

只要退一步！

些許的粉飾！

必要的協助！

只要可以遵守以上三條規則，百分之八十的婆媳問題都能迎刃而解吧？

Chapter

3

孩子的媽
是我

兒子的生日

婆婆總是忘記獨生子的生日。每個月的互助會結算日、存款日都記得牢牢的人，卻記不住兒子的生日。距離國曆生日還有一個多月，婆婆就打電話來說「孩子的爸生日過了對吧？我忙到忘了。」我跟婆婆說過好幾遍，我們這一代的人從小到大，填資料都是留國曆生日，所以過的也是國曆生日。

重點是，公婆連老公的農曆生日也會忘記。老公說從小到大都沒收過生日禮物或辦過生日派對，生日當天能喝到海帶湯就要偷笑了。所以即使是在婚後，慶生對老公來說也沒有太大的意義。

有一年婆婆生日，我準備了適合外出穿的漂亮衣服當作禮物，帶回婆家。婆婆當著我的面開心地說怎麼還買了這個，我還很慶幸自己花心思挑衣服，一切都是值得的。結果，回首爾後的某一天，婆婆打電話給老公，怒氣沖沖地問：「這是在outlet買的嗎？」婆婆理所當然地認為我送的是百貨公司的衣服，所以想去百貨公司換貨，沒想到換不成，因此跟老公說自己很丟臉，各種三字經都飆出來了。

送禮反而還被罵髒話的老公也很生氣，一怒之下說：「妳什麼時候替我慶生過嗎？」婆婆立即哭訴：「我忙著養家餬口啊，你要我做的事，我哪一件沒做？哎唷喂，人老了就只能等死，哎唷喂，太傷我的心了。」對話總是無奈地以婆婆的眼淚和威脅結束。

又有一次，婆婆、老公和我三個人都在的時候，談及老公的生日。婆婆瞄了我一眼，說出十分過分的話。

「本來女婿的生日就要由岳母幫忙過！妳去跟妳媽說一聲！」

青天霹靂！

逢年過節我說要回娘家的話，婆婆會故意說某些話給我聽，例如「妳娘家在釜山，記得買鮑魚回去讓岳母做醬醃鮑魚啊。最近妳阿姨寄了一些，我覺得很好吃。」或是「回娘家的話，帶些小蘿蔔泡菜回來就可以了。」

婆婆是擔心娘家母親會虧待女婿，才事先這麼說的嗎？以為我媽不用上班，遊手好閒，天天待在家裡是嗎？成千上萬種想法在我腦海裡浮現。

婆婆自己都不幫忙準備的生日和泡菜，為什麼會希望由親家母來做呢？婆婆真的珍視自己兒子的話，我和娘家自然也會善待他啊……

婆婆今年肯定又會忘記兒子的生日，但要是再提到娘家的話，我也不會默不作聲。

「婆婆，您自己都不幫兒子慶祝的生日，為什麼岳父母要幫他慶祝啊？您放心，這是我老公的生日，我自然會幫他慶祝。」

孩子的爸生日過了對吧？我忙到忘了。
二〇一五年
還有兩個禮拜耶……

今天是孩子的爸生日，對吧？
二〇一六年
生日都過去多久了……

啊，生日又過了嗎？本來女婿的生日就要由岳母幫忙過啊～妳媽應該有幫他慶祝了吧？
二〇一七年
嗯，慶祝過了～

下個月是我的生日，我很期待收到您送的禮物唷～

肉舖的媳婦

「欸，孩子的媽，隔壁肉舖店不是有個媳婦嗎？聽說她懷老四了耶？」

老四？到底為什麼又要提起這件事啊？我跟婆婆說過好多次，我只想把唯一的女兒好好養大成人，為什麼婆婆每次都無視我的意見呢？我也不想講輸婆婆，所以回了一句。

「哇，他們家應該很有錢吧？我們養一個就很吃力了說。」

但是，婆婆的回覆更令我嘆為觀止。

「哎呀，她老公入獄了啦。」

這句牛頭不對馬嘴的話是什麼意思？上次才說肉舖店的兒子買了一台賓士送給自己的媽媽，怎麼現在又犯錯去坐牢了？

婆婆每次拿那家的兒子媳婦和我們作比較，說他們很會賺錢，又孝順父母，我聽了總是很傷心。如果婆婆只有出言中傷我的話，我還能想說這是因為媳婦是外人。可是，婆婆也會拿更優秀的其他人來和自己的兒子作比較。

老公總是被拿來和鄰居的兒子、朋友的兒子作比較，而我也是被拿來和鄰居的媳婦、朋友的媳婦作比較。雖然我們的經濟條件不太好，但我們也很認真地在生活，我們也是別人怎麼做，我們就怎麼做的兒子和媳婦，但是婆婆每次都這樣，實在讓人很沮喪。就算我每個月給婆婆一千萬[13]的零用錢，也會被拿來和有錢人家的媳婦作比較吧。

即使婆婆如此對待我們夫妻倆，讓我感到不開心，我也只是回「啊，是喔」敷衍過去。但是，有一次連我的娘家都被拿來比較。我是不知道婆婆朋友的兒子多能幹，但是婆婆語氣羨慕地對我說，朋友兒子的岳母買車送給了他。這次連老公也聽得很尷尬，對婆婆說「啊，不要再說了，拜託！」婆婆才沒繼續說下去。但是那分明是在指責我的娘家，連個豪華氣派的禮物都買不起，提供不了經濟上的援助。

和當公務員、當老師的媳婦相比，我的確沒有那個能耐，所以再傷心也只能忍氣吞聲，但是連我的娘家父母也被拿來比較，我真的心如刀割。

婆婆的身邊到底哪來那麼多厲害的媳婦、會賺錢的媳婦和了不起的親家？比較的行為，會讓人變得渺小怯懦。我一言不發，不是因為我不會拿婆婆和其他有教養的婆婆、和不會干涉的娘家母親一樣溫柔的婆婆作比較。

如果是現在的我，娘家父母被拿來作比較的當下，我會這樣回話：

「婆婆，他岳母竟然買車給他，我看他是醫生或律師吧。還是結婚的時候，婆家送了一棟豪宅吧。我這樣作比較的話，您作何感想呢？」

13 約台幣二十七萬元。

在英國生活的時候，有一位跟我非常要好的友人。那個姐姐和英國公民結婚，從韓國移民過去，獲得了永久居留權，在那裡生育兒子。她的住處離有韓國城的倫敦非常遠，是個歷史悠久的東部小城市。

我們經常透過通訊軟體聊天。在遙遠的外地扶養獨生女所經歷的痛苦和不適，我比誰都還清楚，所以我很常傾聽她的煩惱。姐姐是一位作家，所以她常常給我各式各樣的建議。

一如往常，我把原稿寄給姐姐，想要詢問關於徵募賽、出版企劃案或短篇原稿的意見。她看完我的文章之後，突然開始唉聲嘆氣了起來。或許是因為姐姐在英國生活了十年，在太陽每到下午三、四點就日落，幾乎看不見陽光的英國冬天裡，姐姐也跟英國人一樣，得了嚴重的「冬季憂鬱症」。再加上在異鄉定居五到十年裡會找上門的思鄉病和憂鬱症一起發作，姐姐說她過得很累。

我的文章和婆媳問題有關，但她在看完之後，好像想起了她切身感覺到的和外國人朋友之間的溝通障礙，那道壁壘就是外國人絕對無法理解的和「韓國情緒」有關的痛苦。

她的婆婆住在韓國，而且兩人幾乎沒怎麼聯絡，一點婆媳問題也沒有，但是她對我寫下的煩惱這麼說：

「我要是經歷妳那樣的事情，和這裡的朋友一起罵婆婆，那他們罵一句『Fuck it』就沒了。我們不是會一起罵婆婆或是上網撻伐婆婆，說出比那還過分的話嗎？但是這裡沒有那種東西，讓我悶得快發瘋了。」

如果說比起西方國家，婆媳問題更常發生在韓國或亞洲國家的話，大家應該都會同意。西方人擁有強烈的個人主義，所以就算發生婆媳或姑嫂問題，也很少跟朋友傾訴。就算說了，也只是像「如此這般，叭啦叭啦」這樣，然後罵一句髒話就結束，將那件事拋在腦後。但是，我們會鉅細靡遺地說明事情的經過，希望聆聽者跟我們一起罵。對這樣的我們來說，反而很難理解西方人。

一開始是在聊我的煩惱，但是不知不覺變成我在聆聽姐姐的煩惱。我非常理解她為什麼會陷入憂鬱。那裡的冬天是怎麼吞噬掉一個人的，我再清楚不過了。我也有切身的體會，當我剛到英國的時候，天天以淚洗面，因為我連一個可以用韓語分享煩惱的朋友都沒有。

總之，因為代溝或覺得兒子被搶走的婆婆心理都差不多，無論是哪個國家，都存在著婆媳問題。但是，其他國家好像還不到韓國這樣能把人逼瘋的程度。究竟是什麼造成他國和我們韓國之間的差異？

西方小孩在上大學的時候，或是到了法定成人年齡的話，會搬離和父母一起居住的家，不會接受父母的經濟支援，幾乎完全獨立。這樣的個人主義傾向，和到了三、四十歲還在接受父母的經濟支援、結婚時父母會買好房子的韓國人非常不一樣。

在韓國尤其嚴重的婆媳問題，說不定能從中找到解答。雖然我們韓國人不可能突然擁抱個人主義，但是我們正在慢慢朝這個方向發展，我想這一點大家都同意。雖然這必須透過世代的交替，非常緩慢地進行，但是時間最終可以解決大多數的婆媳問題。儘管很遺憾地，我這一代屬於過渡期，所以婆媳問題看起來更為嚴重。

我只是希望透過我們這一代的內戰，可以讓我的女兒在「解放的祖國」當個理直氣壯的個人主義者、真正意義上的女性主義者。

媽，叫我「喂」是不是有點過分？

婆婆在叫我的時候，有好幾種叫法。有時是加了孩子名字的「○○的媽」、直呼我的名字，或是偶爾心情好的話，會叫令人難為情的「寶貝媳婦」。

問題是，當婆婆幾杯黃湯下肚，或友人炫耀兒子夫婦，但自己沒什麼（？）好炫耀而心情糟糕的時候，就會跑出兇狠的「喂」。更嚴重的是，婆婆非常愛喝啤酒，無論是白天還是晚上，而且通常喝酒之後就會心情不好。我們如果發現婆婆大白天打電話來，聲音裡帶有醉意的話，就會作好聽到難聽話的心理準備，想辦法趕緊掛掉電話。

「喂！」這個叫法不管什麼時候聽到感覺都很糟。雖然要好的朋友之間偶爾會這樣叫，但那也是小時候的事了，現在大家都是成年人，如果不是很熟的關係，叫對方「喂」的話，很可能是討厭對方想找碴才這樣叫。

明明有那麼多可以指稱媳婦的單字，婆婆為什麼要那樣叫親家的寶貝女兒？我是被人如此對待也沒關係的人嗎？因為是我的長輩、是老公的父母，就無故輕慢我、隨便對待我的人，我有必要盡心竭力地服侍嗎？

婆婆也會以奇怪的叫法稱呼親家。她常常在我面前叫我的娘家母親「妳老木」，在老公面前則叫「你家丈母」。和兒子單獨相處時，用「你家丈母」這個叫法的話，誰能有意見？但是在我面前用那麼沒禮貌的單字稱呼我的娘家母親，讓我心裡很不舒服，感覺很糟糕。放著「親家」這個單字不用，到底為什麼要用那種叫法？

有一次，我實在忍無可忍，遷怒於老公，所以老公在我的面前糾正了婆婆的話。

「媽！妳怎麼可以用『老木』來稱呼我岳母啊？要叫親家母。」

婆婆因為兒子的一句話感到難為情，笑著說「知道了」敷衍過去。要不是老公說了那句話，火氣上來的我一定會親自開口。

遣詞用字可以反映出一個人的品行和個性。根據說話時的言辭、語調、口氣，人看起來也會不一樣。俗話說一句良言抵千金，沒想到也有那種「一句惡言欠千債」，給媳婦的心靈留下深刻傷痕的人，真是有夠難過。

如果能遇到說話溫柔、就算犯錯也會說沒關係的婆婆，那不用老公開口，我也會成為代他孝順父母，這個時代最犧牲奉獻的媳婦。或許是因為這種事情沒有發生，所以我才能如此輕易地說出這種話。但是在遇到婆婆之後，我再一次領悟到說話的重要性，也算是學到了一課。

這個教訓還真是苦澀。

聊天群組

當我發現我忘記在有公婆的聊天群組上傳他們唯一的孫女照片時，第一個反應是「糟糕了」。

送老公去上班，再手忙腳亂地送小孩上學，回家到已經是早上十點。我一臉疲憊地坐下休息，猛然想起上個週末去露營，沒有和公婆視訊通話，心想大事不妙。我點開群組，希望一切還來得及。謹慎挑選照片的時候到了。毫釐之差，便能決定我是有悉心照料小孩的媳婦，還是老公在外頭奮鬥打拚、養活妻小的時候，過得無憂無慮、兩頰飽滿圓潤的媳婦。

就算是全家出遊，照片裡也不一定要有我，因為他們根本不在乎我，我的漂亮照片只要上傳到娘家群組就好了。眼睛、鼻子、嘴巴、手指甲、腳趾甲、頭髮，就連睡容也跟婆婆的寶貝兒子一模一樣的孫女照片，那叫錦上添花；如果是順暢地唸出英文字母或可愛地高歌剛學會的童謠，再加兩百分。

今天是星期二，如果星期四再補打上週末沒打的視訊通話，不知道公婆會不會生氣。說不定明天晚上公公就會先打電話來了，因為在群組上傳的照片和通話當下的孫女模樣是不一樣的。

週末打電話這個習慣，是我在生下女兒的三年來，身經百戰所制定的個人作戰守則。我曾因為有幾天忘記傳照片，而遭到無數次的叫罵。後來我付出極大的努力，成功馴服（？）公婆，從一週相隔兩天、三天、四天，讓他們養成每個週末視訊通話一次的習慣。我做得如此滴水不漏，到底是為了什麼啊？

我在飽受傷害之後，得到的結論是「媳婦永遠都是外人」。無論我做得再好，只要有一丁點的失誤就是白忙一場的情況數也數不清。現在我想放下這些，自在地生活了。

小孩哭鬧的樣子在我眼裡也很可愛，所以我會想要拍影片分享給公婆，和他們一同歡笑。像洋娃娃般笑盈盈的女兒、四歲會讀韓文的女兒、唱英文童謠的女兒，我不想只拍下這些乖巧的模樣給公婆看，也不想讓他們無時無刻地監視小孩子的臉、穿的衣服、吃的小菜或發育情況。

被公婆緊盯著是否有好好養小孩，不是媳婦應該受到的待遇。我希望無論是我還是孫子，都能成為獲得公婆疼愛的家人。我當然也可以理解公婆想常看到可愛孫女的心情，但我真的希望他們可以退一步，對我的育兒方式表示支持。

媽媽只會煮大醬湯給妳喝嗎？

每當老公加班，只有我和女兒兩個人一起用餐的那天，就是女兒和公婆視訊通話的日子。

女兒也不小了，很難讓她乖乖待在原地不動，所以我都是在吃飯時間打電話給公婆。至少吃飯的時候，女兒是坐在兒童餐椅裡。

小孩兩、三歲的時候，公婆常常在視訊通話期間挑我毛病。小孩正是注意力渙散的時期，所以不會好好回答爺爺奶奶問的話，也不常打招呼。那個年紀的小孩都是這個樣子，公婆卻連這一點都要怪到我頭上。

此後，在跟公婆視訊通話之前，我會先檢查畫面裡的屋子狀態是否乾淨、小孩子是否坐著好好吃飯等等，將周圍布置得無懈可擊，確認完畢後再打電話。一邊聽婆婆說話，一邊吃飯可能會噎到，所以我都是在自己吃完，但孩子還在認真吃飯、不太可能離開餐椅的狀態下打電話。

「哎呀，漂亮的小寶貝，妳在吃飯嗎？奶奶好想妳喔。」

明明三天前才視訊通話過，還是說得跟很久沒見到一樣。問候婆婆用過晚餐了沒之後，我就會把接力棒交給女兒，祈禱女兒的笑容能讓公婆開心，希望時間過得快一點，順利度過這關。

公婆總是問一樣的問題。

「妳今天有乖乖去托兒所嗎？」

「寶寶今天做了什麼呀？」

「哎唷，飯飯吃得好香，妳在吃什麼呢？」

我女兒跟普通人家的小孩一樣會挑食，所以我經常煮她喜歡喝的大醬湯或海帶湯。那天的菜單是菠菜大醬湯，視訊的時候好像拍到了小孩餐盤上的大醬湯，眼尖的婆婆說：

「妳又喝大醬湯了呀？媽媽只會煮大醬湯給妳喝嗎？」

「媽，如果我煮其他的，孩子不願意喝，最後全部都得倒掉。大醬湯她至少還會喝，所以我才比較常煮。」婆婆根本不聽我解釋，繼續和小孩說其他的話。

或許我對婆婆無意間拋出的話太敏感了，但是那句話實在很傷人。

準備什麼小菜，女兒才會吃得香、女兒吃什麼會拉肚子或愛吃什麼，我的女兒我最了解。隨時在一旁照顧她的人，是我這個做母親的；最擔心、最疼愛孩子的人也是我。婆婆為什麼要隨口說出那種話？講得好像我是「馬馬虎虎地照顧寶貝孫女的保姆」？女兒難得乖乖吃飯，我當作獎勵拿給她吃的糖果，怎麼就成了會蛀牙的不好的糖果？如果女兒吃的是婆婆買的酸甜軟糖，怎麼又沒關係了？

就算只是一句話，也要追根究柢，尋思「婆婆是不是不喜歡我」，媳婦真的好難當。哪怕只是一句話，要是婆婆可以先想想聽到的人作何感想，再說出口的話，那該有多好？說者無心，聽者有意。無意間說出的一句話可能會讓人遍體鱗傷，說不定對方哪天還會從此緊閉心門。

四周
收拾乾淨

讓小孩
坐好之後~

婆婆~

哎~寶貝
妳又喝大醬湯了呀!
媽媽只會煮大醬湯
給妳喝嗎?

孩子的媽是我

有些公婆十分溺愛孫子，而過度的愛常常變質為執念，育兒的大小事都要干涉。

「哎喲，我們那時候不是這樣養孩子的。」

「不要任由孩子哭，要馬上抱起來啊。」

「餵這個看看，沒關係啦，小孩子吃沒問題的啦。」

養個小孩也會事事遭到干涉，媳婦的壓力當然大到不行。

媽媽論壇上抱怨公婆干涉育兒，引起婆媳問題的文章之中，大多是公婆把小孩帶走不讓自己抱、婆婆自己餵奶，所以快發瘋之類的內容。

我是孩子的母親，為什麼不能讓我按照自己的意思養小孩？

最近有愈來愈多的媽媽仿效西方人，對孩子進行獨自入睡的「睡眠教育」（自嬰兒時期起，教導孩子如何獨自在隔開的空間或房間睡覺）。我也是在女兒八個月大左右的時候，開始進行睡眠教育。我會在八點左右幫女兒洗澡，讓她準備睡覺，九點放到床上讓她自己入睡。小孩花了幾個禮拜的時間才適應自己睡覺，在這個過程中遇到的最大障礙是婆家的干涉。

當時我們還住在婆家附近，所以常去婆家。到了晚上，我想遵守睡眠教育的規律，回家替小孩洗澡、哄小孩入睡的時候，婆婆便把我當成奇怪的媽媽，說：「小孩子睏了自然會睡著。妳媽媽太過分了，對不對？她是不是常把妳惹哭、妳不想睡覺覺還硬要妳睡？」我聽到這些話的時候，心情不知道有多糟糕，有多難過。

可是，我始終沒有放棄。養小孩的人是我，讓小孩有規律地準時睡覺也是我可以作主的事。在婆家待到八點的話，我便會準備起身離開。就算婆婆罵我，我也要回家。小孩子鬧情緒的話，我會堅持地說：「媽，孩子現在是因為想睡了才哭的，我得帶她回去洗澡睡覺了。」

當婆婆想餵鹹湯給才剛開始吃副食品的孩子，或是有些可能會引起過敏的食物我想等孩子大一點再餵，婆婆卻偷偷餵食的時候，我整個人火氣都上來了。就算我說「媽，不可以這樣餵小孩」，仔細地解釋原因，拜託她別餵，最後得到的仍然只有冷嘲熱諷。

「妳竟然敢句句和我頂嘴?沒大沒小，妳養小孩的方式有夠奇怪欸。」

如同其他的現代媽媽們，過一陣子就會明白長輩說不用太操心孩子也能好好長大都是事實，但我是現代媽媽這一點依舊沒變。其他媽媽在做的事我也想嘗試看看，按照自己的意思決定讓小孩吃什麼、教育什麼，都是孩子的母親說了算。

如同婆婆身為人母，養大自己的兒女，您孫子的母親不是您，而是媳婦。婆婆的孫子在這世界上最愛的人也是自己的媽媽、您的媳婦，希望婆婆不要忘了這個事實，孩子的母親是我！

請讓我回娘家

中秋節前一個禮拜左右的某一天，稍作休息的我到媽媽論壇看文章，結果內容千篇一律，都是在說死也不想回婆家。我也是，想到要在婆家過夜，我一個月前就開始心煩。看來全國各地的媳婦都是一樣的心情啊。感同身受的我四處點閱文章，有一篇抱怨文特別顯眼，上傳者抱怨為什麼逢年過節想回娘家這麼難。

有個婆婆在過節日那天，早上祭祖之後，搶在兒子夫婦發話前說要回自己娘家，所以將就地去了一趟老公的外婆家。吃完午餐和晚餐的話，這天一晃眼就要過去了，只有媳婦一個人乾著急，想快點回娘家。

婆婆自己回娘家，卻不肯早點讓媳婦回娘家，這到底是什麼心態啊？媳婦對親家來說，也是能多見到一會兒也好的女兒和家人啊，難道是婆婆想把兒子留在身邊久一點的念頭在作祟嗎？

還有個婆婆是要媳婦在過節日的前一週先回娘家一趟，要她過節日的時候待在婆家。最常見的情況是，因為大姑或小姑夫婦要來，所以叫媳婦留下來一起吃晚餐。很多媳婦氣憤地表示，婆婆的女兒可以從婆家回娘家，為什麼婆婆就不願意讓媳婦回娘家，硬要把媳婦留下來？婆婆對待女兒和媳婦的態度擺明了就不一樣，怎麼還敢到處說自己是好婆婆？媳婦看了只能搖搖頭。

我不想和婆家起衝突，所以不曾反對先回婆家。長痛不如短痛，先去婆家再回娘家，我內心反而比較輕鬆。先回娘家的話，只要想到之後還要再去婆家，我在娘家就沒辦法放鬆地休息。只是，婆家在大田、娘家在釜山，所以每到重要節日就得全國跑一圈，孩子又還很小，無論是搭火車還是開車都很累。

有一次中秋節連假太短，我們沒信心可以趕回釜山，所以只去了婆家。一如往常，當天結束掃墓後，我們去了大伯家。當婆家長輩問到我什麼時候要回娘家的時候，我還沒來得及回答，婆婆就先下手為強。

「嗯，當然要回娘家啊，她娘家在釜山，所以現在差不多要出發了。」

我當時有點傻眼，因為我明明說過這次會馬上回首爾，不會回娘家。婆婆為什麼要說謊呢？她是怕別人覺得自己是連娘家都不讓媳婦回去的惡婆婆，所以才那樣說的嗎？

以前我總是希望掃完墓到大伯家拜訪一下之後，婆婆可以先開口叫我回娘家，但是每次去大伯家，婆婆就沒有要離開的意思，只有我一個人乾著急。自從那次之後，無論會不會塞車，我都一定會回娘家，因為我不希望婆婆理所當然地認為我不會回去。有一次過年也是在大伯家拖太久，甚至還回婆家吃了午餐，時間一拖再拖，等我們抵達釜山都是深夜了。從大田到釜山，足足花了六個小時。

年假結束後的某個冬日，我坐在咖啡廳裡，隔壁桌坐了一群婆婆輩的歐巴桑在聊天。就像每次節日過後，媽媽論壇上全是關於在婆家過節日的故事，或是撻伐婆婆的文章，這群歐巴桑也在說媳婦的閒話。聚在一起罵人所萌生的女人之間的友情，果然不管到了幾歲都一樣啊。我抱持有趣、神奇的心態偷聽她們的對話，結果我聽了不由得火冒三丈。

「哎，我媳婦過節日那天回來婆家也沒想過要洗碗，就坐在旁邊休息！」

「哎喲，我家那個是一吃完早餐就跑回娘家了。」

「怎麼這麼不懂禮數啊？這些惡媳婦真是欠教訓……」

在她們當媳婦的那個年代，那些行為是很不像話。當時還是以婆家為尊的父權體制時代，要是有膽大包天的媳婦敢這麼做，一定會被狠狠教訓一頓。

可是，現在世道變了，如果她們還是把自己經歷過的不公、不合理現象套在媳婦身上，那等於是給自己的女兒帶來一模一樣的世界。她們明明也會因為女兒在婆家遇到的婆媳問題和不合理現象而心疼女兒，但是在面對媳婦的時候，卻變成和女兒的親家一樣的婆婆。那麼，未來將不會有任何的改變。媳婦的淚水和難過，到頭來也是自己女兒正在遭受的痛苦，希望婆婆們能牢牢記住這一點。

我只是想睡個好覺

「都這麼晚了，睡一晚再回去吧。」

聽到此話的我，瞬間覺得心情沉重。

在婆家睡覺太不自在了，因為那裡不是我家。連娘家沒有我的東西，我都覺得不方便了，更何況是還得一大早起床假裝有在做事的婆家。在婆家過夜的話，不能脫掉勒緊人的內衣，穿短版運動褲也會感到不好意思，所以更加不自在。

公婆希望沒辦法常常見到的兒子夫婦和孫女在家裡多留一會兒，我也不是不能理解他們的心情。重要的是，這份心情只要有多一點的體貼關懷，我應該會自在很多。

老公回到婆家後，通常會立刻走進房間倒頭睡覺或看電視，但是媳婦又不能躲在某個地方不出來。公婆認為兒子又要上班，又要開車的，應該很累，當然要讓他休息才是，又希望媳婦可以陪在身邊，像親生女兒一樣撒撒嬌、說說話。但是，在公婆面前說太多話準沒好事，話說得愈多，愈容易被挑毛病。

這是我用無數的經歷換來的領悟。我愈來愈沉默寡言，一直在看公婆的臉色，所以待在婆家的時候，總覺得時鐘的指針都停擺了。我不斷地偷瞄時鐘，等待可以快點逃回家的時間到來。「都這麼晚了，睡一晚再走吧。」或「應該會塞車吧，在這裡睡一晚，明天早點回去。」要是聽到公婆說這些話，我就想哭。

在外面享用晚餐的話，對大家來說都方便，但是婆家的冰箱裡隨時都有肉品，有時還必須料理公公從農場捉回來的雞做人蔘雞湯來吃。好不容易吃完晚餐，想著也該起身回家了，事情卻還沒結束。

媳婦要拿水果出來切，還要陪公婆看電視聊天。實際上，雖然結婚好幾年了，但是直到現在我還是得花兩、三個小時聽他們聊許多我不熟的婆家親友的事情，誰誰誰買新車了、誰家兒子拿了第一名等等，哈哈大笑，假裝自己聽得津津有味。

白天緩慢走動的無情時針總算飛快地動起來了，心急如焚的我，期望老公能開口說現在該回家了，他卻一臉舒適，漫不經心的樣子。一整天下來已經夠累人的了，眼看自己真的得留在婆家，明天一睜眼又要繼續過婆家生活，我絕望到不行。

都這麼晚了，
睡一晚再回去吧？
隨意一點呀～

兒子和孫女的可愛模樣都看到了，也度過了開心的一天。現在要是能讓媳婦回家，晚上好好休息，那該有多好？

媳婦之所以十分討厭在婆家睡一晚再走，是因為感受不到自己被視為家庭的一分子，不覺得自己得到了婆家的關照和尊重，以及感覺不到跟待在自己家裡般的舒適感。我希望能有更多的公婆可以明白如此理所當然的道理。

媳婦生來就應該被婆婆教訓嗎？

這是媽媽論壇上某篇關於婆媳問題的文章標題。發文者大吐苦水，說婆婆對自己做了很失禮的事。她婆婆誤以為兩人的通話已經結束，對著話筒說自己的壞話。婆婆正在罵的那件事，是婆婆誤會了，媳婦明明沒有做錯事，結果被說壞話。媳婦才說：「媽，我還沒掛斷。」婆婆連一句道歉也沒有，立刻接著說：

「我這個人是不會罵媳婦的啦，以後也不會。以前就算我犯錯，我婆婆也沒罵過我，我學到了很多呢。」

不是啊，要是婆婆先道歉的話，媳婦應該會消氣，結果婆婆還說不會罵媳婦，發文者的心情因此更糟糕，覺得這樣說的婆婆很可笑。整件事最荒謬的是，竟然以「媳婦該不該被罵」為前提而展開。公婆和媳婦是主僕關係嗎？是上下階級的關係嗎？發文者向網友洩憤地說：「我是小狗嗎？還是小孩子？為什麼我應該挨婆婆的罵啊？你們聽說過哪個女婿被岳父母罵的嗎？」

她說婆婆「可笑」是在諷刺婆婆的不成熟。所謂的成熟，不是來自對晚輩的辱罵，而是年長者就算犯錯，也有先誠心道歉的勇氣，以及照顧晚輩或包容失誤的寬宏大量。

讀到這位媳婦的簡短故事時，我想起了自己的婆婆。我從來沒聽過婆婆說對不起，一次也沒有。她通常會以另一種方式，用物質上的補償來表示歉意。「對不起」這三個字，我記得是和婆婆吵得不可開交，互相哭訴了一個小時的電話後，她才冷冷地道歉，虛偽地說：「對不起，是我太愚昧，都不知道媳婦的想法。」

現在我不太會因為婆婆而受傷了，就算發生那種事，我多少也學會了如何應付。左耳進右耳出，沒必要傾聽想傷害我的人說的話。我不再將那些話放在心上，無論婆婆是不是故意的，我都不會讓那些令人難過或受傷的話傷害到自己。我會用我特有的情緒轉換方法或感到幸福的方法，刻意忘掉那件事。

誰也沒有資格教訓他人，就算是教導小孩的老師也一樣。老師是引導小孩子走上正途的人，如果只是一味地教訓，那孩子只會離經叛道。

真正良好的育兒之道是，以身作則，讓小孩看到優秀的大人生活的模樣、夫妻互敬互愛的優秀父母應有的模樣、擁有正確市民意識的人生活的模樣。只有知道這麼簡單的道理的人，才能成為擁有正面影響力，別人想待在一起的人、人生前輩或朋友。

敬畏的關係

每次被婆婆的話傷到的我，總是想問「婆婆為什麼對我這麼隨便？」正如岳母會為女婿著想，婆婆也能對媳婦客氣一點的話，那該有多好？女婿可以被尊稱為「百年客人[14]」，受到桌上擺滿食物的熱情款待。岳母怕女婿感到不自在，連電話也不敢太常打，但是為什麼婆婆對待媳婦的時候，則是反過來的？

當我還是家庭主婦的時候，婆婆嘴上要我別太操勞，又隱晦地問我要不要準備公務員考試，給我壓力。或是動不動打電話叫我做事，要我用手機替她買購物頻道正在賣的商品，或是假借買必需品的名義打給我，講電話講一小時以上等等。我只能一動也不動地聽她絮叨隔壁鄰居媳婦做了什麼，或是我根本不想知道

14 對韓國古代的岳父母而言，女婿難得一見，是需要好好招待的貴客，此後延伸為「女婿」的意思。

的婆婆鄰居親友的事。因為兒子在公司很「忙碌」，所以婆婆才會打電話給「在家裡玩的」媳婦。說話不帶主詞的公公，有時也會沒來由地問「還沒回家嗎？」詢問兒子是否下班了。

相反地，娘家父母一年到頭打電話給女婿的次數也才兩、三次。一方面是因為怕女婿不自在，另一方面也是因為他們知道不要過度干涉，我們夫妻才會過得更幸福。

我知道婆婆本來就吝於稱讚或鼓勵自己的兒子，也不是說話溫柔的人，所以不是只有在面對我的時候才這麼生硬。婆婆對我或她兒子有什麼地方不滿意的話，就算我們去婆家，她也會面露不悅的神情，對我們愛理不理的，不是叫我「喂！」，就是用大家都能聽到的聲音自顧自地碎唸。每當這個時候，我總是如坐針氈，提心吊膽。

我不是可以隨便對待的人，婆婆就不能視我為「別人的女兒」、「和我兒子結婚的人」，客客氣氣地對待我嗎？即使我想頂撞公婆或感到生氣，也不敢隨便對待，因為他們是我的長輩。但另一方面也是因為我們的關係是我應該予以公婆尊重的「敬畏關係」，對於生育我老公的人，我應該保持最基本的禮貌。可是，婆婆怎麼能「隨便」對待我呢？為什麼婆婆不曾想過我是和您兒子結婚，為您生下金孫的珍貴的人？

愈親密、愈親近的人，說話時愈要小心、愈要保持禮儀。我也曾經說話沒注意，差點和熟人鬧翻，因此恍然大悟。有時候，我們會因為關係親密，理所當然地認為對方會理解，而隨便對待珍貴的人。

想要被人理解、想要獲得尊重的話，得先從尊重對方做起。開口之前，先想想自己的一句話會不會給對方造成很大的傷害，那麼，包含婆媳問題在內的所有人際關係問題，應該會少很多。

有女兒的婆婆，沒有女兒的婆婆

我的婆婆沒有女兒，老公是家裡的獨子，而我娘家母親有一雙兒女。我個人很好奇以這種條件為前提的兩種婆婆，對待媳婦的方式、想法或行為是否有差。但是根據我的觀察，婆婆和娘家母親只有性格上的差異，基本的認知和態度沒什麼差別。

每次婆婆對我口出惡言的時候，我就會想，要是婆婆有女兒的話，就不會這樣對待我了吧，因為她可以體會有女兒的娘家母親的心情。

婆婆說年輕的時候就跟婆家住得很遠，因為忙於做生意，所以幾十年來幾乎沒參加過祭祀或節日等家庭活動，自然不常見到自己的婆婆。為數眾多的大姑、小姑也因為婆婆生意手腕好，很會賺錢，所以不敢怠慢她。出錢不出力的婆婆，在婆家出大事的時候，會給一大筆錢來盡平常未盡到的媳婦本分。

這麼說來，是因為沒有受過婆婆或大姑小姑的氣，婆婆才會對我更嚴厲的嗎？要是婆婆對我的痛苦、疙瘩和創傷感同身受，就不會那樣對待親家的掌上明珠了嗎？

很遺憾的是，個人的過去經驗對於成為好婆婆或惡婆婆，並沒有太大的影響。

我的娘家母親一生侍奉鰥居公公，受盡了折磨。但是有了媳婦之後，立刻扮演起嚴厲的婆婆角色。雖然不像我婆婆那樣會對弟媳說粗話，但是我媽很常失言，讓做媳婦的弟媳心情糟糕難過，所以弟媳和媽媽也發生了婆媳問題。

媽媽明知我因為婆婆的言行有多受傷難過，為什麼也變成了和她一樣的婆婆？有兒子的媽媽們命中注定要當惡婆婆嗎？為什麼媽媽們對兒子的執著比對女兒的還強烈，對媳婦產生不是嫉妒，而是更近似於嫉妒的情緒，連本人也不自覺地說出中傷媳婦的話？

母親那一輩的人，大部分都經歷過貧困的生活，所以期望女兒能實現自己做不到的事，藉此獲得替代性滿足和補償心理。以前因為窮而沒機會學習，不得不放棄的夢想，希望女兒能替自己實現。女兒如果能嫁給不錯的女婿，便彷彿自己又嫁了一次，感到心滿意足。

但是兒子不一樣，不僅是異性，更是老公的年輕翻版，但是又比老公了解自己，乖巧聽話，就像愛人的替身。向來依賴的兒子婚後瞬間只對自己老婆忠誠，突然轉變為「媳婦的老公」時所感覺到的空虛和厭惡，婆婆不忍心對兒子宣洩。而那些無處可去，四處徘徊的情緒，有時便會宣洩在媳婦身上。

令人惋惜的結論是，無論有沒有生女兒，婆婆最後都會擺出婆婆的姿態。理解嫁入婆家的媳婦，直到現在仍得像朝鮮時代的媳婦那樣，在生平初次見面的長輩面前扮演好媳婦；知道自己刁難媳婦、弄哭媳婦的話，最後只會害兒子感到痛苦或不幸。只要具備這些能站在媳婦的立場思考的品行和慧眼，不就能成為一名好婆婆了嗎？

為什麼
親家母恨不得
把妳吃了……
不知道……
我好累……

媽～
我回來了！
弟媳回來啦，
好久不見～

嗯……
妳回來啦？
?!?

妳這個做
媳婦的是怎樣！
媽！
妳在做什麼！
怎麼可以這樣！
到底！

事事擔心

一旦小孩出生，升級為人母的話，直到躺進棺材為止，「都會對事事擔心」。這是某部電視劇的旁白，我自己也是做母親的人，因此對那句話有深刻的體會。

因為太珍視孩子、太愛孩子了，所以聽到活蹦亂跳的孩子因為幼稚園娃娃車意外而去世的消息，或是看到虐待兒童的新聞，我就會投入感情，淚腺爆發。要是小孩子突然從陽台欄杆摔下樓怎麼辦？上學的路上被新聞裡的瘋子拖走，遭到性侵的話怎麼辦？我有時會一邊做這種極端離譜的想像，一邊鍛鍊（？）自我，讓內心變得更強大，以免發生那種事的時候崩潰想死。

對父母而言，兒女無論長到幾歲都是孩子，所以就算他們長大結婚，還是放不下心來。媳婦帶走含辛茹苦養大的兒子之後，是否有像自己做的那樣，精心替他準備早餐；女婿帶走女兒，說了會讓她幸福快樂，絕不讓她的雙手沾一滴水，但還是會擔心女婿是否會惹女兒傷心落淚。

我也是個母親，一樣對自己的孩子牽腸掛肚，所以我可以理解婆婆想照顧兒子的心情。兒子生日當天有沒有喝到媳婦煮的海帶湯、媳婦有沒有使喚辛苦上班一整天的兒子出門丟廚餘或換尿布，婆婆怎麼會不好奇呢？

婆婆明知道我不愛吃泡菜，明知道兒子因為公司的事很少在家吃飯，但是我去婆家的話，還是會叫我打包她兒子愛吃的各種泡菜和小菜回家。那些小菜老公吃過幾次後，便會擱在冰箱好幾個月，一直放到我感覺不到良心的譴責，把那些還沒壞掉的食物丟掉，所以那些小菜最後還是統統進了特大廚餘垃圾袋。婆婆一年當中會來首爾辦事幾次，順便探望我們，所以婆婆來的前一天就是我整理冰箱的日子。

我有個朋友是雙薪家庭，她婆婆住在兒子家照顧孫子、孫女。她送六歲孫女上幼稚園，整天待在家裡照顧兩歲孫子或做家事，甚至還會擔心兒子餓肚子，因此在凌晨起床做海苔飯捲。兒子都四十歲了，這位婆婆還在養兒子。如果身為人母的媳婦也能理解婆婆的心意那當然沒關係，但是事實上，媳婦只會覺得自己的婚姻生活遭到干涉了。

孩子的爸愛
吃小蘿蔔泡菜，
妳打包回去吧～
吃的時候記得把
發霉的挑掉～

這些肉大概放了三年吧，但是解凍的話還是很新鮮啦。
這些小菜是吃剩的，丟了很可惜，妳打包帶回去吧～

媽，
謝謝。
我們會
好好享用～

廚餘專用垃圾袋
-家庭號-
廚餘回收箱

媳婦不忙的話，當然可以替老公煮生日海帶湯，但如果是雙薪夫妻或育兒太累的話，也有可能沒辦法替他煮。就算不吃婆婆醃的泡菜，老公飯還是吃得很好。如果婆婆可以不要三天兩頭就打電話確認這些事，夫妻之間反而會過得更幸福吧。

婆婆在兒子結婚之後，要是可以收起事事擔心的當媽的心，將過去的時間拋在腦後的話，對彼此來說那該有多好？已經含辛茹苦地養兒子養了三十年，現在從「長期育兒」中解脫的話，不也是很好嗎？

雖然女人不是為了從婆婆那兒接下照顧老公的保姆角色才結婚的，但是俗話說除非躺進棺材了，否則男人永遠都不會長大懂事。媳婦不也是會把老公當作「大兒子」，心甘情願地照料嗎？我真心盼望會有愈來愈多的婆婆能放下辛苦的育兒生活，不再為兒子事事操心。

讓婆婆投降

看著孩子長大是一件神奇又有趣的事。想到我也經歷過漸漸變成「人」的過程，感覺自己又活了一遍。

小孩子通常在三、四歲的時候上幼稚園，生平第一次踏入社會。從發育過程來說，這個時期的小孩不是真的和其他小朋友玩在一起，而是各玩各的。打開話匣子的小孩看起來好像也會邊玩邊對話，但仔細觀察的話，會發現他們都是各說各話，因為這個階段的小孩還是以自我為中心。

和朋友玩玩具的時候也一樣。小孩子還沒有讓步、分享的概念，所以會對「自己的東西」很執著。有一天，我看到孩子哭鬧著不願意把玩具讓給來家裡作客的小朋友玩，我很稀罕地想起了婆婆。

看看周遭友人或網友分享的婆媳問題，很多人忍無可忍，最後選擇不再和婆婆溝通，這樣的情形在現代很常見。例如過節日的時候，只有小孩和老公回婆家。也有比較極端的例子是，老公發現自己母親的雙重面貌，因此加入老婆的行列，站在老婆那一邊。

媳婦單方面和婆婆斷絕聯絡，引發婆媳問題，婆婆和老公的關係因此惡化的情況也很常見。大部分的婆媳問題都是起因於婆婆的惡言惡行，所以最後的贏家會是媳婦。如果有小孩的話，更是如此，因為婆婆知道要迎合媳婦的脾氣才能見孫子一面。

這些婆婆堅持半年到一年左右，就會隱隱約約地聯絡媳婦或試圖透過兒子恢復關係。被婆家氣到咬牙切齒、不惜離婚的媳婦雖然對婆婆失去了信心，但是因為她是孩子的奶奶、老公的媽媽，所以「乖媳婦病」復發，婆媳關係再次回到原點。

短暫的反抗期間享受到的幸福也只是一時的。隱隱約約恢復關係的話，原本的衝突又會不幸地重複上演。所以，雖然說這是媳婦的勝利，但是從長期來看，很難說是取得了真正的勝利。

和弟媳關係不佳的娘親媽媽，也是在弟媳生小孩後重新聯絡，不知不覺地恢復了兩人的關係。雖然是因為雙方有需要、雙方都反省過，而恢復了模稜兩可的關係，但是以前的衝突不知何時又會浮上檯面。

婆婆為什麼會舉白旗投降呢？少了媳婦的話，這個世界會怎樣嗎？會有損長輩的自尊心嗎？

能讓視為自己一切的兒子展露笑顏的人終究是媳婦，能讓兒子少吃苦頭的也是媳婦，視為珍寶的唯一孫子的媽還是媳婦。婆婆不是因為明白這一點才投降的嗎？要是能早一點明白，該有多好？那家庭裡就不會出現流淚吵架的人，而是自然而然地多了一位新的家庭成員。

現在或以後可能會遇到婆媳問題的媳婦們，不要因為覺得長輩難接近，獨自承受壓力，只會回答「是」。想像看看如果妳有一個需要照顧的「四歲孩子」，理解起來應該會簡單很多。試想這個四歲的孩子有一個非常愛惜、非常喜歡的娃娃，那個娃娃被突然冒出來的人給搶走的話，小孩子當然會生氣，又哭又鬧。婆婆就是那個四歲孩子，而媳婦是拿走娃娃的人。站在東西被搶走的人的立場來看，哭鬧其實是很自然的行為。

但是，這裡有一個誤區，那就是「搶」這個字。媳婦不是「搶走」兒子的人。現在是時候告訴那些像被搶走娃娃的小孩一樣，生氣耍脾氣的所有婆婆們一個事實。

「婆婆！人不是我搶走的，是您的兒子選擇了我！真想這麼做的話，我隨時都可以把不再是我老公，而是您兒子的那個人還給您。但是，請您記住了，這麼做會讓您的兒子變得不幸。」

Chapter

4

夫妻的幸福為優先

半吊子算命師

雖說「男人來自火星，女人來自金星」，兩人被愛情沖昏頭，說要共度一生，因此結了婚。但是，雙方也是因為在某種程度上合得來才會結為夫妻，不是嗎？

有一天早上，和婆婆通話之後的我傷心了一整天。婆婆那套巧妙地挖苦他人的特別話術，才想說有好一陣子沒聽到，現在又突然出現，把我氣得半死。這次也是在吵要不要生第二胎的事。

婆婆去算命了。那個荒唐到讓人說不出話來的半吊子算命師，說我不生第二胎的話，老公會從外面帶回來第二個孩子，還說所以最後我們兩個會離婚。我聽了一肚子的氣，不知道自己為什麼要聽婆婆說這些話。先前就算婆婆說的話再傷人，大部分我都咬牙忍了過去，但這次我的眼裡再也看不到婆婆什麼的了。

說到最後，我也丟了一句話，掛上電話。

「要是有人跟您說公公會從外面抱孩子回來的話，您會開心嗎？」

但是，我怒氣難消。

我將憤怒宣洩在下班的老公身上。白天的時候我已經傳訊息說明了情況，跟老公說過我很傷心，所以暗自期待他下班後見到面的時候，會溫暖地安慰我。

結果，我猜錯了。老公不但沒有半分的歉意，反而還露出得意洋洋的態度。

「我白天的時候打給我媽了，我質問她為什麼要對妳說那種話，她說不會再發生這種事了。」

這個人真是的！我們都結婚六年了，每次和婆婆發生衝突，我難過流淚的時候，唯一拜託你做到的那件事，直到現在還是做不好嗎？

我說，你對婆婆大小聲，藉此平息我的難過和怒火，絕對不是解決之道，這反而只會加深我們之間的衝突。我都這麼說了，為什麼你還是認為那是解決方法，也不跟我商量就惹出禍來呢？

聽說男人遇到問題的話，最先感覺的是必須解決問題的責任感，而女人最渴望的是，有人能對自己受傷的心產生同理心。如果想安慰在婆媳關係當中總是處於弱勢的老婆，最好再回想一下老婆真正想要的是什麼。這和在社群媒體上點讚或按愛心一樣簡單。

「妳一定很傷心吧？我替她跟妳道歉。是我媽惹妳傷心了，我會對妳更好的。」我只要這一句話。

接受完整的他

老公喝酒之後，一定會吃涼爽酸甜的水果。平常的他會撒嬌要我準備水果，或是自己去拿來吃。但是，他如果喝醉了才回到家，會像是變了一個人一樣。

他會隨意脫下沾滿聚餐食物味道的衣服，丟到一旁，然後用命令的語氣說：「拿一些橘子給我！」或是反常地以微妙的責備語氣說「妳懂什麼」。我心情好的時候，會想說「他在公司很辛苦吧」，試圖體諒他，但是當我拜託他別做某些事，他還是不聽勸的話，我也會發火。那樣的話，老公又會說：「妳什麼時候對我說過『哎呀～我家老公好棒』？妳真的愛我嗎？妳為什麼要和我結婚？」重複說這些話，和我發生爭執，最後總有一個人是睡在沙發上。

老公只要喝醉看起來就像另一個人，我對這樣子的他感到討厭，也很失望，所以我們常常吵架。幸好老公沒有暴力傾向，但是他會露出權威式的微妙責備語氣、大男人的那一面。婚後第一次看到他這個模樣的時候，心想「那是他一直以來壓抑在潛意識裡的模樣嗎?」而感到十分失望,也很討厭那樣的他,所以他喝醉的時候,我也會繃緊神經。

幸好隔天醒來的話,他又會恢復原樣。前一天發生的事,他幾乎都不記得了,只是感覺到我很生氣,或是知道自己露出了那一面。所以他會主動溫柔地和我道歉,或是下定決心般地說自己不會再那樣了,努力讓我消氣。

我最喜歡的詩之一是詩人鄭玄宗的〈訪客〉,詩的內容是當一個人走向自己,即意味著那個人的過去、現在和未來,那個人的一生也朝我迎面走來。我第一次讀到這一段的時候,頭彷彿被敲了一記,受到了很深的啟發。結婚和戀愛不一樣,磕磕絆絆的結婚生活過久了,也會發現戀愛時期絕對無法察覺的老公的缺點,明白到有很多事物跟隨著他一起走向了我。

喝醉的那一面會不會才是原本的他?我是不是嫁錯人了?平日裡的溫柔是不是裝出來的?還是他平常是壓抑本性配合著我?是我表現的愛意還不夠多嗎?這是新婚時期的我心裡曾經浮現的千頭萬緒,但是在結婚第六年的現在,雖然我還是會生氣,但是我會覺得就連喝醉後性格轉變的那個人也是他。我不再費盡心思地去深究他的潛意識或本性，而是努力接受他這個人的所有情緒、缺點、習慣、他的夢想、他的世界觀，還有他的屁味，努力接受完整原本的他。

說來容易做來難。如果我看到他的那一面之後，還能心平氣和地接受他的話，那我應該已經化身為佛祖或聖母瑪利亞了吧？又或者是真的幸福地在度過餘生的婚姻生活了吧？

對我和老公的婚姻生活的考察，最後延伸為對人、對朋友、對婆婆的考察。

婆婆對我造成的傷害無可比擬，遠遠大於老公對我造成的傷害。這本書提到的那些難聽話和各種事件，只是我經歷過的事情當中極少的一部分，所以我哪天能完整接受婆婆的話，大家說不定真的得將我供奉為聖母瑪利亞了。

不過，我還是想努力看看。我不是要把婆婆犯下的所有過錯一筆勾銷（這種事也不可能發生），而是想透過各種方式來了解她這個人，如此一來，我多少也能理解婆婆的迷惑行為了吧？

我不想在知道理由之後，逃避問題或撒嬌迎合婆婆。我只是希望有一天，婆婆和我可以一邊喝燒酒，一邊促膝談心。我不會為了避免受傷、避免身心受創而閉嘴不提，我會在她面前展現真正的自我，鼓起「被討厭的勇氣」，堂堂正正地生活。而婆婆在看到那樣的我之後，能對自己過去做出的行為感到愧疚的話，那便足夠了。

沒有所謂的理所當然

天下沒有白吃的午餐。我們早晨出門上班能走在乾淨的街道上，是多虧了某人凌晨認真地掃地；我們可以輕易地在超市買異國熱帶水果來吃，也是多虧了某人的辛勞。無論是要繳稅還是付費，我們在享受這些權利的時候，都付出了代價。

我們理所當然地認為付多少錢，就能享受多大的權利，甚至有些人以顧客至上的名義，不惜當奧客。為什麼有些人從來沒想過自認為應當享有的權利，包含了某人的犧牲呢？

過節日的時候，全家和樂融融地圍成一圈吃水果，其中有個人從前一天就做牛做馬一整天，卻連一句話也插不上，尷尬地坐在那兒。當男人理所當然地在整潔的供桌前磕頭時，整天都在準備祭品的女人總是出神地站在後面，一心盼望祭祀結束後，可以快點收拾好供桌，早點休息。

做了三十幾年媳婦的媽媽，負責準備祖父母的祭祀，在爺爺、爸爸、叔叔、弟弟磕頭行禮的時候，總是退居後方。真正一整天在煎煎餅、拌涼菜、忙進忙出的人，是從未見過曾祖父的媽媽和嬸嬸。

男人祭祀，女人做菜，逢年過節先回婆家，女人結了婚就是潑出去的水……這些都是以前時代的陋習。

這世界上沒有所謂的理所當然。某人過得舒適安樂的時候，總有另一個人備嘗艱苦。那些都是不對的陋習，而且也沒必要繼續遵循。

我希望替往生者準備飯菜的祭祀傳統也能慢慢消失。祖父母、父母等等，在和自己有直接血緣關係的人的忌日那天，舉行簡單的儀式，追悼他們就夠了。非得將每年的祭祖推給毫不相干的媳婦去做，這太不合理了。

我記得有一次過節日，在網路上看到一則既搞笑又悲傷，令人「哭笑不得」的留言。

「就算不準備飯菜，西洋人的鬼也會庇佑好子孫，為什麼我們韓國人的鬼沒飯菜吃，就會危害後代子孫呢？」

如果你重視婚姻生活，珍愛你老婆的話，最好回想一下。自己正在理所當然地享受的這一切、父母理所當然地期待老婆去做的事，是不是以老婆的眼淚換來的。

我人生中的女主角

引起熱烈討論的電視劇《山茶花開時》裡，有個傻氣大叔叫盧圭泰，雖然沒什麼能力，但是仗著有錢的母親，是社區裡的有名人物。這個漏洞百出的男人，不知怎地和聰明的律師子英結了婚。圭泰因為一時犯錯，陷入離婚危機的時候，他的母親連雞毛蒜皮的小事也要干涉，還在一旁慫恿他離婚。結果盧圭泰悔不當初，深刻反省了自己，對跟到簽署離婚的法庭來的母親大喊：

「媽，妳算什麼啊！是我人生中的女主角嗎?!女主角是子英啊！她才是！如果妳想看到我過自己的人生，那妳現在當個配角就好！」

我看到這一幕的時候，覺得這是全天下的老公們都應該留意的台詞。婚姻生活裡的主角只有兩個人，不應該被任何人干涉，即使是家人也不行。

雖然父母養育自己，應當對他們心懷感激，但是子女結婚之後，應該要成為獨立自主的人。從結婚的那刻起，要和自己一起生活的人是老婆。

愛情電影裡存在過婆媳問題嗎？如果是拍一部男人與女人結婚、白頭偕老的愛情電影，那一點問題也沒有。而小孩子在深愛並照顧彼此的父母膝下生活順遂，會是一個從小自尊心強烈的幸福小孩。只要沒有害關係融洽的兒子夫婦或女兒夫婦吵架的公婆、岳父母，以浪漫愛情開頭的電影，不可能以悲劇收場，或是演變成恐怖電影。

如果這個鐵錚錚的事實，盧圭泰很晚才領悟到的話，他的婚姻生活想必會以離婚收場。我也下定決心過，不要讓婆媳問題介入我們的婚姻生活，不再任由婆婆給我太大的壓力、要求我做辦不到的事、讓我或我的婚姻生活變得不幸。我會保護我自己和我的家庭，那是我為了自己的幸福作出的選擇。我老公現在也慢慢在了解什麼才是最重要的。我有主宰自己人生的權利，我有義務不讓局外人毀掉我的幸福、我的夢想、我的日常生活。因為我的自尊心和幸福，也關乎我的寶貴女兒的幸福。

幸福的方程式出乎意料地簡單明瞭。在不傷害到他人的前提之下，尋找讓自己最幸福的事情，自己的人生自己過。這麼簡單的道理，我繞了一大圈，過了好幾年，這才明白。如今，我只要在未來的數十載裡，堅持這個道理就可以了。

夢遊仙境的愛麗絲

作家達溫的《低頭走路的孩子》是我愛看的網路漫畫之一。漫畫裡的平凡小女孩遭遇父母的暴力和情緒虐待，父母離婚後，又受到祖父母的情緒虐待和重男輕女的差別對待。這個小女孩愈來愈怯懦畏縮，精神漸漸崩潰。

小女孩的母親和成天拳打腳踢，甚至還出軌的老公離婚之後，帶著兒女回到娘家。女孩的母親離婚後過得很辛苦，曾對女兒「冬天」發牢騷說「我當初就不應該生下妳」，而且偏愛兒子「夏天」。周圍的大人沒人安慰冬天，反而還要她體諒辛苦的媽媽。

冬天說待在那個世界裡的話，彷彿自己是「夢遊仙境的愛麗絲」，暗喻自己是童話故事主角「愛麗絲」，活在只有自己不能理解的「奇怪國度」當中。

冬天的母親離婚時，姑姑對母親說：「走著瞧，看是我女兒能出人頭地，還是妳女兒能出人頭地。」還給冬天造成一定要考上一流大學的壓力和自責感，跟她說：「妳要考上好學校啊，妳媽不是拚命幹活，寄人籬下，看娘家父母的臉色過日子嗎？」

這部網路漫畫鉅細靡遺地描繪父母和祖父母的虐待，以及幼小心靈受到的殘害，令我看了感同身受，難過不已。

在看漫畫的時候，我領悟到了兩件事。一個是我對說自己是「夢遊仙境的愛麗絲」的冬天深有同感，另一個是父母的精神狀態會影響到小孩。

當我哭訴婆媳問題讓我很辛苦的時候，我得到的反應也差不多。大部分的友人都對我說：「但是妳公公婆婆不是有很多財產嗎？反正最後都會留給你們，妳就忍耐點吧。」

老公也毫無例外。

「我們會從爸媽那裡繼承到很多東西，所以妳要忍耐。妳唯一希望的不就是不要太常聯絡嗎？只要做到這點不就好了？」

願意用心理解我的內心想法的人，一個也沒有，甚至連娘家父母也是如此。因為這不是他們的人生，所以他們能對我說的只有這些吧。

反之，雖然我可以傾聽娘家媽媽、老公或友人的煩惱，安慰他們，但是我也沒辦法對他們內心深處的想法產生共鳴或理解他們。大家都有自己的苦衷，都有自己的人生苦惱，所以這也是無可奈何的事吧。

這麼說來，或許我們都是那數也數不清的愛麗絲，都活在各自的「奇怪國度」當中。

對小孩施加情緒虐待的冬天父母，也有可能是從父母那裡受到相同虐待的受害者。就像冬天被父母和祖父母傷害，逐漸走入洞穴的深處，她的父母小時候也有可能經歷過那樣的事情，雖然他們也不能因此將虐待的行為合理化就是了。

如果因為婆媳問題得到憂鬱症，或是極端地走到離婚那一步，小孩在這個過程中，無論是以什麼形式，都會受到傷害。看到媽媽討厭奶奶的樣子而跟著學，或是將那種厭惡感視為理所當然，離婚之後和祖父母失去聯絡或斷絕往來的話，對小孩來說，是失去了「願意無條件地愛自己的人」。

為了不讓我心愛的孩子成為「低頭走路的孩子」，為了避免相愛才結的婚因為外人而離婚，所有面臨到婆媳問題的當事人都要付出努力，不再讓流淚的媳婦出現在這個世界上。

頂嘴的技巧

很多老公討厭老婆做的事之一，是對媽媽論壇上的文章產生共鳴、在論壇發文或留言，因為這種論壇通常都是在咒罵婆家或老公的文章。

但是那又如何！站在別人那一邊，同理心等於零的媽寶老公，結婚後才在裝孝順，還有誰會體諒我們？跟朋友一起罵婆家、罵婆婆只不過是偶一為之，因為那樣做的話，最後聽起來就像是在承認自己是沒人疼的媳婦，那還不如跟匿名的戰友們抒發心情，互相取暖。這有什麼好討厭的？

婆婆對我口出惡言的時候，我也很常看和婆媳問題有關的網路文章，從中獲得安慰。

「啊，原來不是只有我婆婆會這樣啊。原來還有很多人的公婆也是來自朝鮮時代啊。原來還有很多媳婦和我一樣，因為那些不堪入耳的話感到痛苦啊。不過，我老公算不錯的了。」

我是這樣自我安慰（？）的耶，老公還想阻止我逛論壇？

那些網路文章八九不離十都是在哀嘆自己命不好，但是偶爾也會出現看了心情痛快的文章。其中有一位媳婦上傳的「跟婆婆頂嘴系列文」很有趣。她的文章十分精采，引起很多人的認同和留言，所以變成了熱門文章和連載系列作品。

她是一名很有智慧的媳婦，知道怎麼巧妙地對說話傷人的婆婆反將一軍。她的策略是回婆婆話的時候，七成稱讚、三成頂嘴，三不五時將那七成的稱讚說給老公聽。

婆婆如果說「要是以前的話，生不出兒子的媳婦早就失寵了。」那她會回答「媽，決定小孩性別的是男人的精子。那我老公和公公應該要失寵囉？」或是「最近都說生兒子好聽，生女兒好命」。

任誰看了都覺得變胖的兒子，婆婆卻說他臉頰消瘦，嘮叨媳婦沒有照顧兒子三餐的話，她會以開玩笑的語氣回答：「媽，我跟您說一個笑話好不好？一天吃兩頓飯叫做一日兩餐，吃三頓飯叫做一日三餐，愛吃零食又三餐都吃的話，就叫狗崽子畜生[15]。」

有時候老公叫我少跟婆婆頂嘴的話，我會回他「哎唷，婆婆不是很可愛嗎？我是看她可愛才想捉弄她，我是真心喜歡婆婆才開玩笑的啦～」這樣敷衍的話，老公也會被我糊弄過去，儘管我明明是在瞎扯。

看到這系列的文章，我笑到不行，不知道有多痛快。她說能這麼自然地頂嘴，都要歸功於「被討厭的勇氣」。要大家拋開「好媳婦病」，婆婆老是嘮叨同一件事的話，盡量開朗地裝作若無其事的樣子開口，只要多加練習，說著說著自然就會習慣了。

重點是，要同時不斷地以最可愛的方式向老公稱讚婆婆。老公是男人嘛，就算婆婆跟老公抱怨，罵媳婦對自己頂嘴，單純的老公也會按照老婆教的，跟婆婆說媳婦是看她可愛才那樣回話的，讓婆婆無話可說。

剛開始看到這種有智慧的婆媳問題解決之道，我笑得很開心，獲得了替代性

15 韓文中的三餐和崽子發音類似。

的滿足。但是，一想到她會成為精心謀略的媳婦，並非一朝一夕之故，我又傷心了起來。有哪個女婿會為了應付岳父母，而施謀用計啊？

雖然這不是能藥到病除的長久之計，但是哪怕一瞬間也好，這位媳婦也只是希望能藉自己的口才，讓疲於婆媳問題的廣大媳婦們能一嘗痛快的滋味。

老公的價值

愛情可以被計算嗎？大家應該都有思考過這個問題。即使愛得轟轟烈烈而結婚，婚後也可能會因為吵得不可開交而分開；在結婚適齡期相親，根據條件結婚，也能過得你儂我儂，這就是所謂的婚姻。

戀愛的時候不一定要精打細算，如果只想談戀愛，不想結婚的話，只要雙方都開心，那沒有問題。

如果有人問我愛不愛我老公，我會說我當然是因為愛他才結婚的，但也是因為剛好天時地利人和而結婚。長輩都說結婚是兩個家庭的結合，換句話說，雖然結婚對象很重要，但是彼此多少也要門當戶對，條件要差不多，未來的公婆或岳父母也很重要。只是為難人的是，除非結婚親身體驗過，否則很難摸透雙方父母是怎樣的人。

心愛的男友結婚後從「良人」變成「外人」，需要花多久的時間？每當婆婆的惡言惡語傷害到我的時候，我就會開始思考老公的價值。

若說婚前要看對方的經濟能力、職業、家境和學歷等條件，那麼，談及是不是最理想的老公時，則要看在公婆的攻擊之下，老公有多保護老婆，有多挺老婆，是否會溫柔地安慰老婆。

根據我的個人經驗，如果老公的這項能力表現出色，老婆的婚姻生活會過得比較順遂幸福。反過來的話，走到婚姻失敗這一步用不著花太久的時間。

只有我和老公兩個人的時候，我們相處得很融洽，若偶爾發生爭執的話，肯定是為了婆家的事。即使我和老公之間沒有任何問題，但是每次遇到這種情況，我還是會想要離婚。我是因為喜歡老公，想和他幸福生活才結婚的啊，不是為了從公婆那裡受到傷害和壓力而結婚的。就算公婆是老公的父母，在兒子和媳婦的婚姻生活當中，公婆仍是局外人。如果我們的婚姻因為局外人而支離破碎，那有多悲慘啊。

如果有男性讀者遇到父母和老婆發生了婆媳問題，希望你們可以思考看看以下這些問題——和我結婚的人是誰？結婚時立下的「我會讓妳幸福」的誓言，現在是怎麼被玷汙的？我的孩子的母親、會和我相伴到老的人是誰？

我不是要你別孝順父母，但是想要盡孝的話，請自己來。因為結了婚，就期望老婆替自己盡孝的話，夫妻一定會失和。

如果父母生氣罵你是不孝子的話，請反省一下自己是否在結婚之前就是個不體貼的兒子，你不是在結婚之後才突然變成不孝子的。如果公婆也同樣期望媳婦做到自己兒子這輩子都沒做到過的事，那兒子夫婦只會變得不幸。

我今天也思索了老公的價值。如果你不想和我離婚，想和我白頭偕老的話，那就要證明你自己的價值。你的價值不是在領一億[16]年薪的時候顯現的，也不是在每次過結婚紀念日，買鑽石戒指給我的時候體現的。

老公的價值，只在對老婆展現鐵漢柔情和無限愛意的時候能獲得驗證，尤其是取決於老公多麼有智慧地處理婆媳問題。

16 約台幣兩百六十萬元。

親愛的，
謝謝……

老公，謝謝……
我愈来愈感謝你了！

體溫與獨立性

我對女兒進行的睡眠教育很成功，大概八個月大的時候，女兒就能在自己的房間獨自入睡。我再也不用像其他小孩那樣，花一、兩個小時唸書給她聽或陪她玩，所以我很開心。而且還能擁有我們夫妻兩人的臥室，所以夫妻關係也變得更好了。

只是有一個問題，兒童房比臥室還接近玄關，風會吹進來，女兒睡覺的時候又沒有其他人的體溫可以取暖，所以兒童房冷很多。雖然對女兒很抱歉，但是除了貼門縫條或開暖氣直到她入睡，我別無他法。如果睡眠教育因為以前的睡眠習慣而倒退，或是因為女兒乖巧可愛地說「我也想和媽咪一起睡」而答應她過幾次的話，睡眠教育就會功虧一簣。為了重新培養遭到破壞的習慣，需要付出的心力和時間遠比最初的還要多。

周遭同齡小孩誰也做不到的事，我女兒花三個禮拜就做到了。我認為這是因為小孩信賴我、學習能力好，而我也相信她最後一定可以做到，才可能會發生這種事。身邊的好友看到自己也能睡得很香的女兒之後，都羨慕地說她是「童話故事裡才有的小孩」。除了有時去旅遊或回娘家、婆家不得不一起睡，直到現在，我女兒依舊是在自己的房間入睡。

我之所以最重視睡眠教育，貫徹始終，是因為我這輩子都為敏感的睡覺習慣所苦，所以我想送女兒一份禮物，讓她擁有「好的睡眠品質」，從小培養好習慣，一輩子享受「一覺好眠」的幸福。

有些人的睡覺習慣很敏感，例如旁邊有人會睡不著、沒有人陪會睡不著，或是有鐘錶的滴答聲會睡不著等等。我是換張床就幾乎無法入睡，所以每次參加修學旅行、宿營活動或旅遊的時候，我常常渾渾噩噩地度過隔天，就跟殭屍一樣。生活鬱卒的那段日子裡，我甚至得服用安眠藥才能入睡。

對於睡眠教育的看法，可以分成兩派。是要和媽媽形成依附關係，還是要品質好的睡眠，兩邊陣營旗鼓相當。不過，隨著時間過去，我和小孩的依附關係一點問題也沒有，我睡得很好，所以白天可以集中注意力，而小孩的學習效果更出色，所以我認為這對彼此來說是雙贏的局面。是要「媽媽的體溫」，還是「獨立性」和「透過明確的夜晚／白天區分獲得選擇權與專注力」，我選擇的是後者。

我這輩子都很依賴他人。雖然釜山也是大城市，但是我在這個和首爾距離遙遠的地方活了大半輩子，而且也害怕改變。我生性害羞，所以誰舉薦我當班長的話，我就會埋怨對方。直到現在我還記得升年級換班的時候，隨之而來的尷尬有多討人厭。

上大學的時候，我也是選擇讓我比較安心，而且學費便宜的故鄉國立大學。看到可以隨心所欲地去國外當交換學生或進修語言的朋友，我總會產生微妙的自卑感。因為我幾乎沒有想過要遠離父母、遠離我的出生地，到陌生的地方用另一種語言自力更生，學習什麼東西。

我之所以產生「培養獨立性的勇氣」，而不是選擇「體溫」，並非是我突然有一天恍然大悟，而是在我離開釜山到首爾工作，四處奔波之後，在變化莫測的一生當中自然而然領會到的。

突然有一天，我回過神來，發現自己已經是有夫之婦、是孩子的媽，在倫敦待到一半，回到舉目無親的大田生活，從偶然看到的社群平台貼文，發現實現當作家的人生夢想的機會。雖然讓我過得很辛苦的人是婆婆，但是那個讓我實現作家夢想的人也是婆婆！人生就是這麼諷刺。

雖然我立刻懷上四胞胎，或是中樂透的機率微乎其微，但是萬一這種事情發生，人生也只不過稍微改了個方向，生活還是會繼續下去。所以，我想像一輩子默默在背後照顧人的長腿叔叔一樣，鼓起勇氣，溫柔地對看這篇文章的媳婦們說：

無論妳現在在做什麼，妳都做得很好。
請繼續往前邁步，不要停下腳步。
無論是往前走、往旁邊走，還是朝對角線走，方向並不重要。
只要不愧對於家人，無論是往哪個方向走，
無論那是什麼事情，無論是不是賺錢的工作，
那都是妳通往幸福的道路。
即便不是，也沒有關係。

只要此時此刻的妳感到幸福，
便足以證明這件事值得妳投入時間去做。

自尊

在這過去半年的寫作時間裡，我經常拿原稿給友人看。做為書稿的第一批讀者，他們第一次看完的反應跟文章本身並沒有關係。我期待聽到的是「哇，妳的文筆好好喔，讀起來很流暢耶。」或是「這些地方再加強一下怎麼樣？」之類的建議。沒想到他們第一句說的是：「我不知道妳過得這麼辛苦，妳心裡一定很不好受吧。」

起初，我對這樣的反應很是失望。我還是菜鳥作家，所以想要聽到關於寫作的評價。他們的第一印象很類似「用一句話安慰人的留言」，但是我愈咀嚼，愈覺得那是對我的文字最好的稱讚。他們對我的傷心事和創傷，深有同感，還安慰我，這本身就意味著我寫了一本好書。

也有人在看了我的書之後，對我說：「妳碰到這些事還沒有得憂鬱症，看起來真的很厲害。」我聽到那句話的第一個反應是「嗯？會有人因為這種事情而得憂鬱症，接受精神科諮商或吃藥嗎？」

雖然邊哭邊和婆婆吵架的時候，我曾用攻擊性的口吻對婆婆說：「您把我傷得遍體鱗傷，我現在就想去看精神科。」也對老公說過類似的話，希望他能感受到我的痛苦，但是我並沒有真的因為婆婆而深陷憂鬱，或是想過要接受精神科諮商。

我對自己的強烈自尊心、潛力或能力很有自信。我用心地記錄生活，寫日記寫了十幾年。在我把累積了十年的日記拍成照片，上傳到社群平台後，有一位和我不是很熟的姐姐在底下留言說「○○果然是會保護好自己的美麗世界的人」。那句話正中我下懷，讓我看了心情愉悅。

我人生中所重視的價值、人、夢想，這些人事物無法用任何的東西交換，無論我遇到什麼不幸，這些都是我人生中絕不能放棄的第一順位。在我心裡的重要東西聚集起來，化為我的行動力，融入我的文字，這一點似乎也體現在育兒或夫妻生活當中。

雖然婆婆說話難聽，讓我心如刀割的時候，我會想到娘家媽媽，但是我內心深處還是這麼想的。

無論婆婆怎麼糟蹋我，我眼睛眨也不會眨。

因為我絕對不是會毀掉婆婆的人。

無論婆婆是否故意出口傷人，我也不知不覺地在珍惜、守護保護我的那些價值，將它們藏得更深，等待時機成熟的那一天，展現真正的自我。

我努力前進的方向當然不是婆婆那邊，而是面向深愛我的人生的我自己。

雖然我能付出整個宇宙去疼愛獨一無二的女兒，雖然我能為她創作上百篇的詩，但她只是我的子女罷了，不是我存在的理由。我只是有義務為了她，努力讓這個世界變得更美好一點，而她是讓我成為問心無愧的大人的動力。

簡而言之，雖然她很珍貴，但是即便是在我升級為人母之後，我人生中的第一順位依舊是我自己。

我認為與其等待不知何時會到來的機會，不如從長遠的角度來看待人生，在離世之前實現自己的價值，這就是我來到這個世界的理由和目的。因此，堅信存在於自己內心深處的價值的人，絕對不會沉入深淵或變得不幸。

一口氣寫下這篇文章的時候，我感覺到我的內心深處又沸騰了起來。我以後也會從容不迫地珍視我所擁有的東西，恪守我人生的終極目標，度過每一天。不知道這是否該稱作「熱情」，但是無論那是熱情，還是我的世界觀，我很清楚那是我願意奉獻一生，堅持不懈，既溫柔又堅強地默默守護下去的唯一燭光。

結語——給另一半……

看過初稿的友人全都異口同聲地問我，出這本書真的沒關係嗎？替我擔心我婆婆會看到。老實說，我也有點擔心，但是，我覺得自己有義務撰寫關於婆媳問題的書，對這個社會訴說我的想法，所以我還是一邊做會和婆婆斷絕往來的心理準備，一邊振筆直書。

當我開始動筆，我的意志更加堅定了，變得更強大，更有信心，甚至產生自我修復過去的傷疤的能力，感覺自己從過去解脫了。某種程度上，我真心感謝婆婆。還有這本書出版後，可能會很受傷或大受打擊的老公，謝謝你同意我拿這些事情當寫作素材。

老公說等這本書出版之後，他會親自買來看，要我別擔心，鼓勵我寫出所有想說的話。而且，還跟我說了這段時間以來我很想聽到的話。

「真的很抱歉，我不知道妳之前是那麼地受傷。因為我是我媽的兒子，而沒有在兩人之間盡到老公該做的事，我真的很抱歉。對不起，讓妳受苦了。其實，我也是現在才有辦法稍稍放下父母與子女的關係。雖然我希望所有人都能幸福，但是如果這很難實現的話，妳和我，還有孩子，我們三個人的幸福是最重要的。」

這麼簡單的事實，有些做老公的人一輩子都不會明白，所以就算我老公很慢才領悟到這一點，我還是很感激他。

雖然每次產生矛盾、遇到難關，他都心懷愧疚，努力用最好的方法居中協調，但是我其實也很難體會夾在中間的他才懂的心情。沒人可以保證以後不會再發生衝突，畢竟同搭一條船的我們，在一起老去之前，即使沒有遇到婆媳問題，未來也不可能風平浪靜，一帆風順。

但是，我相信如果我們能保持最基本的互相信賴，那無論是什麼難關，我們都能同舟共濟。夫妻關係良好，小孩才能健康地長大，我們也才不會執著於子女。我和老公關係很糟的話，說不定我會對養小孩的事更執著，將自己投射到小孩身上，緊緊束縛著小孩。

夫妻若能直視家人之間的衝突，那大部分的問題都能獲得解決。希望先前發生的事和我的文章，能讓老公有所感觸，多加思考。我以後也會當個盡責的配偶和賢明的母親，盡最大的努力生活。

那樣的話，總有一天我們會一起看到湛藍的大海。就連橫跨大海時遇到暗礁或暴風，我們也能談笑風生的那一天，必定會到來。

國家圖書館出版品預行編目資料

媳婦靠北日記/ 朴書雲 著；林芳如 譯 . -- 初版. --
台北市：平安文化, 2021.7
面；公分.-- (平安叢書；第0689種)(兩性之間；43)
譯自：님아, 그 선을 넘지 마오: 본격 며느리 빡침 에세이

ISBN 978-986-5596-22-4 (平裝)

862.6　　110009011

平安叢書第0689種
兩性之間 43

媳婦靠北日記

님아, 그 선을 넘지 마오:
본격 며느리 빡침 에세이

作　　者—朴書雲
譯　　者—林芳如
發 行 人—平　雲
出版發行—平安文化有限公司
台北市敦化北路120巷50號
電話◎02-27168888
郵撥帳號◎18420815號
皇冠出版社(香港)有限公司
香港銅鑼灣道180號百樂商業中心
19字樓1903室
電話◎2529-1778　傳真◎2527-0904
總 編 輯—龔橞甄
責任編輯—張懿祥
美術設計—嚴昱琳
著作完成日期—2020年
初版一刷日期—2021年07月

讀者服務傳真專線◎02-27150507
電腦編號◎380043
ISBN◎978-986-5596-22-4
Printed in Taiwan
本書定價◎新台幣320元/港幣107元